दुष्कर

दुष्कर

महाश्वेता देवी

अनुवाद

सुशील गुप्ता

वाणी प्रकाशन

प्रकाशन के उत्कृष्टतम 61 वर्ष

सजिल्द पहला संस्करण : 2
सजिल्द दूसरा संस्करण : 2

vaniprakashan.com

वाणी प्रकाशन

4695, 21-ए, दरियागंज, नयी दिल्ली-110 002

फ़ोन : +91 11 23273167, 23275710

शाखाएँ

अशोक राजपथ, पटना-800 004, बिहार
कॉफ़ी हाउस कैम्पस, महात्मा गांधी मार्ग, प्रयागराज-211 001, उत्तर प्रदेश
महात्मा गांधी अन्तरराष्ट्रीय हिन्दी विश्वविद्यालय, वर्धा-442 001, महाराष्ट्र
36/ए, शेक्सपियर सरणी, रानी बिरला गर्ल्स कॉलेज के पास, कोलकाता-700 017, प. बंगाल
sales@vaniprakashan.in
vaniprakashan@gmail.com

DUSHKAR
by Mahashweta Devi
Translated by Sushil Gupta

ISBN : 978-93-5000-232-2
Novel

मूल्य : ₹ 295

जी.एस. ऑफ़सेट, दिल्ली-110 095 में मुद्रित

वाणी प्रकाशन का लोगो मक़बूल फ़िदा हुसेन की कूची से

'बनारस से चली हुई ट्रेन, आख़िरकार पहुंच ही गई।

कुछ घंटों पहले तक पूवाली ने सोचा भी नहीं था कि ट्रेन आज ठीक वक़्त पर स्टेशन तक पहुंच जाएगी।

बनारस में आज ही मंझले जीजा जी ने पूछा था, 'जाना क्या बहुत ज़रूरी है, पूवाली? आज न जाओ, तो काम नहीं चलेगा?'

'नहीं, जीजा जी...'

'भई, आज गड़बड़ी हो सकती है।'

'कैसी गड़बड़ी?'

'कैसी गडबड़ी, यह तो कोई भी नहीं बता सकता। आजकल गड़बड़ी मचाने के लिए किसी बहाने की ज़रूरत नहीं पड़ती।'

'फिर भी?'

'यूनिवर्सिटी में लड़कों के दाख़िले को लेकर हंगामा शुरू हुआ था, होते-होते अब काफ़ी खिंच गया है...गड़बड़ी ने गंभीर शक्ल ले ली है...'

जीजा जी का चेहरा काफ़ी गंभीर नज़र आया। शायद यह बहुत ज़्यादा अस्वाभाविक भी नहीं था। वे लोग तो पूवाली का जाना-आना, आना-जाना काफ़ी दिनों से देखते आ रहे थे। पूवाली की दीदी का शायद यह ख़्याल था कि वह ज़रूर कोई बड़ी ग़लती कर बैठी है।

और जीजा जी? जीजा जी को क्या लगा, पूवाली को इसकी जानकारी नहीं थी। वह सिर्फ़ इतना जानती थी कि वह कुछ अच्छा करे या बुरा, वह किसी सर्वनाशी धार में बह जाएगा या कुछ हो, जीजा जी यथासम्भव कुछ नहीं कहेंगे।

वे खुद भी जुबान नहीं खोलेंगे, दीदी को भी नहीं खोलने देंगे। उन्हें दूसरों के मामले में दख़लन्दाजी करने का कोई शौक नहीं है।

इसके बावजूद, आज वे ज़रा परेशान हो उठे।

'अगर, आज तुम न जातीं, पूवाली, तो बेहतर होता–' उन्होंने अपनी राय जाहिर की।

यह बात पूवाली क्या खुद नहीं जानती? आज क्यों, वह अगर किसी दिन भी न जाए, तो बेहतर हो। लेकिन इस वजह से वह क्या चुप रहेगी?

'नहीं, मुझे जाना ही होगा।' पूवाली ने दबी आवाज़ में जवाब दिया।

रात को वह लेटे-लेटे, खूब-खूब रोई थी, उसके आंख-मुंह पर रुलाई के निशान अभी तक झलक रहे थे। आज का दिन अगर गुज़र जाए, तो वह क्या करेगी? आज का दिन ही अगर ख़त्म हो गया, तो इसका मतलब होगा, उसकी ज़िन्दगी का सबसे बड़ा तजुर्बा, दुःख-दर्द का तजुर्बा, प्यार के तजुर्बा का अंत! 'मन की पीर, टीस-सी बजती रहती–' यह गाना उसे बेहद प्रिय है। अच्छा, दर्द और प्यार क्या एक ही जैसा होता है या अलग-अलग?

किसी-किसी के जीवन में एक ही जैसा होता है, किसी-किसी

के जीवन में यह अलग-अलग होता है। ऐसे भी तो जाने कितने-कितने लोग हैं, जिनकी ज़िन्दगी में दुःख आता है, चला जाता है। उसके बाद ज़िन्दगी में प्यार दाख़िल होता है, जो तमाम दुःख और मन की पीर धो-पोंछ देता है। लेकिन पूवाली की ज़िन्दगी में जो सबसे बड़ा सुख है, वही सबसे बड़े दुःख का कारण बना रहा।

ट्रेन के डिब्बे में बैठी-बैठी, पूवाली अपनी ही सोच में डूबी हुई थी, वर्ना उसे आभास हो जाता कि सामने की सीट पर बैठी हुई महिला बार-बार उसे ही गौर से देख रही है।

यह जाना और आना...आना और जाना! कितना अर्सा गुज़र गया, पूवाली की ज़िन्दगी में यह आना-जाना ही ठस्स-बुनावट बनकर रह गया है। कलकत्ता से उद्भ्रान्त होकर भागते-भागते आना और रोते-रोते लौट जाना!

ज़िन्दगी की कैसी अर्थहीन बर्बादी! पूवाली को इससे मुक्ति आख़िर कौन दिलाएगा?

'आपका रूमाल...' सामने की महिला ने उसका रूमाल उठाकर उसे थमा दिया।

'ओह...हां!' पूवाली ज़रा सकुचा गई।

'कहां जा रही हैं?'

पूवाली ने जवाब दिया।

'अपनी आंखें तो पोंछ लीजिए...' महिला ने खिड़की की तरफ़ नज़रें गड़ाकर कहा। अगले ही पल ईषत् हंस पड़ीं, 'मैं स्कूल में पढ़ाती हूं, रेलवे स्कूल में। आपको मैंने पहले भी देखा है।'

पूवाली को कोई जवाब नहीं सूझ पड़ा।

जब वह तांगे में सवार हुई, उस वक़्त भी उसने गौर किया था, उस महिला की निगाहें, उसी पर गड़ी हुई थीं।

तांगे में बैठकर, शांति बाबू के होटल के क़रीब आते-आते भी उन्हें लगा, यह शहर बेहद बदसूरत है! कुरूप! बेहद पुराना-धुराना!

पता नहीं क्या देखकर तो इसे नाम दिया गया था। यहां सर्वशक्तिमान अल्लाह की बस्ती है, यह भला कौन कहेगा?

पिछली सुबह से ही शहर के आसमान में आंधी-तूफान, मानो ठहर गया था। क़रीब शाम को एकदम से टूट पड़ा। स्टेशन यार्ड से सटी हुई, वह जो विशाल, ऊंची चहारदीवारी खिंची हुई है, उस पर लिपे-पुते-से लाल-लाल अक्षरों से जाने क्या-क्या सब तो लिखा हुआ था।

उस वक़्त शाम उतर आई थी।

इसी दौरान चारों तरफ़ ख़बर फैल गई। कल हड़ताल रहेगी! चक्का-बंद! हड़ताल क्यों है, किसलिए है, इस बारे में किसी ने नहीं सोचा। बस, बिजली की रफ़्तार से यह अफ़वाह हर जगह फैल गई और उसने टिड्डियों के दल की तरह, इन्सान की बुद्धि-क्षमता को पूरी तरह निगल लिया। उसके बाद ही स्टेशन-यार्ड में हलचल मच गई। कहीं सोडा वाटर की बोतलें टूटने लगीं। फटाफट शहर भर की तमाम बत्तियां बुझा दी गईं, और समूचा शहर अंधेरे में डूब गया। दूर और क़रीब, सम्मिलित स्वर में चीत्कार! विजयोल्लास!

आज दोपहर को भी शहर उसी तरह ठिठका हुआ था। हिंस्र जन्तु की तरह मुंह गड़ाए...गुर्रा रहा था।

सपने में जो सब घर-मकान, रास्ता-घाट नज़र आते हैं, खुली आंखों को अचानक दिख जाए, तो अविश्वसनीय लगते हैं। लगता है, जैसे अभी भी सपना देख रहे हैं।

पूवाली को भी बिल्कुल वैसा ही लगा मानो वह कोई खौफनाक सपना देख रही हो...मानो वह पगला गई हो।

उस दिन...पहले दिन भी शहर की बिल्कुल यही हालत थी।

जाने कौन लोग तो दौड़कर निकलने की कोशिश कर रहे थे।

उन लोगों ने पूवाली को धक्का दिया। जिस किसी भी पल रिक्शा बंद हो सकता था, इसलिए लोग-बाग धक्का-मुक्की करते हुए, जैसे-तैसे रिक्शा पकड़ने की कोशिश में उद्भ्रान्त हो उठे थे।

धक्का खाकर, पूवाली छिटककर बगल में जा पड़ी।

वह दिन भी बिल्कुल आज ही जैसा था, सत्येश ने आकर उसका हाथ थाम लिया।

उस दिन भी बिल्कुल इसी तरह गोलमाल, हो-हल्ला मचा हुआ था। लोग-बाग़ बौखलाए हुए थे।

शांति बाबू का होटल!

पूवाली को जो पहला रिक्शा मिला, वह फ़ौरन सवार हो गई।

इस वक़्त उसे भागना होगा, चाहे जैसे भी हो।

होटल पहुंचकर, उसे ख़बर मिली कि आज शहर भर में गोलमाल मचा है, इसीलिए चारों तरफ़ इतनी चीख-चिल्लाहट मची हुई है।

उन लोगों की आवाज़ में, बजू की आवाज़ भी शामिल है, यह बात यह हलफ उठाकर कह सकती थी। आज, जैसे ही कह यहां पहुंची, उसने गौर किया, बजू में जैसे नई फुर्ती भर गई हो। वह बार-बार कमरे में आ-जा रहा था।

'आप दोपहर की ट्रेन से आई हैं न? दादा भइया कहां हैं?'

'शाम को आएंगे।'

'उसके बाद?'

'शाम को चली जाऊंगी।'

'दादा भइया भी?'

'मैं चली जाऊंगी, रे, दादा भइया रहेंगे।'

'तब चाबी आप ही रखें—'बजू ने हांक लगाई। उसके चेहरे पर ख़ासी फुर्ती और जोश झलक उठा।

'अभी चाबी आप ही रखें, बाद में दादा भइया को दे दीजिएगा।

उसके बाद, दादा भइया ही चाबी शांति बाबू को सौंप दें।'

'तू कहां चला, रे बैजू?'

'मुझे काम है। लौटने में रात हो जाएगी।' बैजू ने मुंह फेरकर अपनी हंसी छिपाने की कोशिश की।

पूवाली ने गौर किया, बैजू के बदन पर गहरे नीले रंग की पैंट, कत्थई शर्ट, कमर में नई बेल्ट!

'ले, पकड़!' बजू ने एक कलम की फर्माइश की थी, पूवाली कलम साथ लाई थी। उसने कलम निकालकर बजू को थमा दिया।

उसके बाद, उसने लम्बी उसांस भरकर पूछा, 'फिर किसी बुरे इरादे से जा रहा है न?'

'न्ना! बिल्कुल नहीं!'

बजू कोई पहली बार झूठ नहीं बोल रहा था।

पूवाली को मालूम था, वह झूठ बोल रहा है, इसलिए उसने लम्बी उसांस भरकर कहा, 'बजू, अब मैं तेरे यहां नहीं आऊंगी, रे! अब मैं जा रही हूं! मेरी बात तूने कभी नहीं मानी। कुछेक आवारा लड़कों के साथ मिलकर, हल्ला-गुल्ला मचाना तूने नहीं छोड़ा; किसी कामकाज़ की भी कोशिश नहीं की, हालांकि बांगलादेश के बाहर होने की वजह से ही तुझे नौकरी मिल जाती।'

'किसने कहा कि मैं कामधाम नहीं कर रहा हूं?'

'कहेगा कौन? कामधाम के लिए यह चाहिए, वह चाहिए, यह वास्ता देकर, तूने रुपए मांगे, किया कोई कामधाम?'

'इस बार भी कुछ मांगा?' बजू का चेहरा लटक गया।

'नहीं, मांगा तोनहीं, लेकिन सचमुच... काश, तू समाधान कर रहा होता, बजू!'

'आप न खाली-खाली...आपकी जितनी सब बातें...।'

'नहीं, मांगा तो नहीं, लेकिन सचमुच...काश, तू बजू बुदबुदा उठा।

'देख, बजू, तुझसे ये बातें क्यों कहती हूं...बता तो?'

'अरे, वाह, मुझे क्या पता?'

'तुझसे मैं इतना सब इसलिए कहती हूं, क्योंकि अभी तेरी उम्र कम है, ख़ानदानी लड़का है, इस होटल के शांति बाबू ने तुझे कितनी सहूलियत दे रखी है, लेकिन तूने लिखाई-पढ़ाई तो की नहीं। और कुछ नहीं, तो हाथ का ही कोई काम सीख लेता, तो किसी कामकाज में ही लग जाता।'

पूवाली स्वगत ही कहती रही, 'बांगलादेश से आठ सौ हज़ार मील दूर रहता है, इसलिए तेरी समझ में नहीं आता। वहां कोई नौकरी पाने में, आदमी की जान निकल आती है।'

उसकी बात पूरी होने से पहले ही, बजू कमरे से बाहर जा चुका था।

शाम को दूर-दूर तक विकट चीत्कार, कोलाहल सुनकर, पूवाली के मन में अब कोई शक नहीं रहा कि बजू इसलिए नीली पैंट और सलवट-मुक्त शर्ट ड़ांटकर, बाहर निकल गया था। वह अक्सर ही यूं निकल पड़ता है।

जैसे बाघ को बीच-बीच में शिकार चाहिए, उसी तरह बजू जैसे लड़कों को बीच-बीच में एकाध 'हो-हल्ला' चाहिए। जाहिर है कि हर जगह माहौल ऐसा बन चुका है, मानो चौपट बेटे को, उसकी मूर्खा मां, और चौपट करने के लिए, उसके हाथों में पैसे ठूंस दे और अपने ही सर्वनाश की राह साफ़ करे, ये तमाम शहर भी उसी तरह बजू जैसे लड़कों के लिए 'हो-हल्ला' जुटाता रहता है।

होटल के शांति बाबू अक्सर कहा करते हैं, इंसान जैसे डगमग पांवों से चलते हुए, क़दम-क़दम चलना सीखता है, हम भी उसी तरह ताबड़तोड़ 'हल्ला' बनाना सीख गए हैं।'

उनका मंतव्य था, 'आपको क्या बताऊं, सर, पहले के दिनों में छोकरों का एकाध दल ज़रूर होता था। वे लोग सियालदह

पहुंचकर गाड़ीवानों की ठुकैय्या करते थे; किराया न देकर, ट्रेन की टिकट कटाते थे। इसके अलावा भी वे सबके सब बदमाश लड़के थे। मेरे मौसेरे भाई को ही लें, किसी गोरे साहब की टोप छीनकर, उसने महा-धमार मचाई। लेकिन उस वक़्त की बात करें या उसके बाद की, अब हम खुद ही ज़रूरत मुताबिक 'हल्ला' गढ़ लेते हैं। यह भी तो बालिग होने का लक्षण है। बताइए, है या नहीं?'

'पूवाली को लगा, शांति बाबू अगर कलकत्ता में बसे होते, तो वे समझ पाते, 'हल्ला' किसे कहते हैं।

कलकत्ते में 'हल्ला' जमाने के लिए, दस हज़ार लोगों को भड़काकर, शहर की टांग तोड़कर, लंगड़ा कर देने में, बेहद कम वक़्त लगता है। लेकिन, शांति बाबू कलकत्ता में नहीं रहते थे।

वे भी क्या लकीर के फ़कीर इन्सान थे। वे सभी कलकत्ता नहीं जाते। पांच-पांच बाबू मिलकर, रोज़ चुनार जाकर दफ़्तर-दुकान-व्यापार करते हैं और ट्रेन पकड़कर लौट आते हैं।

शांति बाबू अभी भी हर रोज़ ट्रेन में सवार होकर, चुनार जाते हैं। वे पांचों जन ट्रेन के डिब्बे में हर रोज़ गाने गाते हैं। उन लोगों के काली-कीर्तन दल का नाम, अब सबकी जुबान पर रहता है।

हर 'पूजा' में, यहां यार्ड के बाबू लोग जो थियेटर करते हैं, शांति बाबू उसके नाटक-सलाहकार हैं। शांत, मृदुभाषी। इतने दिनों में एक बार भी उन्होंने पूवाली के बारे में कौतूहल जाहिर नहीं किया। उन्होंने कुछ भी नहीं जानना चाहा। आज, शाम के वक़्त, शहर की सड़कों पर, जब पागल घंटी में कोई विराम नहीं था, उस वक़्त पूवाली ने शांति बाबू के लिए तकलीफ़ महसूस की।

ना अब भेंट नहीं होगी, फिर भेंट नहीं होगी। वैसे भेंट हो भी जाती, तो क्या फ़र्क पड़ना है? पूवाली को मालूम है कि कोई-कोई रिश्ते ऐसे होते हैं, जो पहचाने फ्रेम से बाहर और ज़्यादा नहीं खींचे जा सकते। शांति बाबू को वह इस छोटे-से होटल के संचालक के

तौर पर जानती है। हालांकि इन दो वर्षों में उसने, चंद जुमलों के अलावा, कभी कोई बात नहीं की।

वे भी उसे थोड़ा-थोड़ा पहचानने लगे हैं। बीच-बीच में, वह बनारस से यहां क्यों आती है, इसकी भी उसने कोई सन्तोषजनक सफ़ाई बाबू को नहीं दी। उन्होंने भी कभी जानना नहीं चाहता।

लेकिन, यहां से कहीं दूर, फ़र्ज़ करें कलकत्ते में, नन्दन रोडवाले मकान में या रोज़र्स ऐंड रोज़र्स के दफ़्तर में, जहां घुमावदार, भारी-भरकम दरवाज़ा दिन भर घूमता ही रहता है, वहां क्या शांति बाबू को, पूवाली पहचान सकेगी? या वे ही क्या पूवाली को पहचान सकेंगे?'

शांति बाबू के स्वभाव में ही, एक क़िस्म की निरासक्ति का भाव मौजूद रहता है।

'सड़क के परिचित को कभी घर तक खींचकर नहीं लाना चाहिए। इससे झमेला बढ़ जाता है।' एक दिन उन्होंने मृदुल और भारी लहजे में कहा था।

उनके यहां के सारे मेहमान, बड़ंगी अस्पताल अक्सर आते-जाते रहते हैं। कभी-कभार, जब किसी वजह से साईकिल-रिक्शा नहीं मिलता, तो अस्पताल की बस भी बीच-बीच में यहां आ जाती है।

पूवाली बड़ंगी अस्पताल नहीं गई, यह देखकर शांति बाबू अवाक् हो उठे।

'अच्छा! आप अस्पताल नहीं जा रही हैं?'

'ना—'

पूवाली को लगा, यह बात उन्हें शायद अजीब या अस्वाभाविक लगे।

'असल में मुझे यह जगह अच्छी लगती है, इसीलिए बीच-बीच में चक्कर लगा जाती हूं। यहां रहने का इन्तज़ाम भी बढ़िया है।'

'यहां कितनी-कितनी तरह के मेहमान आते हैं, इसीलिए...'

शांति बाबू के लहजे से ही जाहिर था, मानो वह यह कहना चाहते हों कि इसीलिए इतना बेहतर इन्तज़ाम रखा जाता है।

'मिसेज़ तालुकदार साल में चार बार आती हैं। वहां उसकी बेटी रहती है। डॉक्टर बच्छावत भी हर साल ही आते हैं। उनका बेटा वहीं मरा था न! जितने तक रोगी के निरोग होने की उम्मीद बची होती है, उतने दिनों लोग बार-बार आते हैं।'

शांति बाबू, बजू को आवाज़ लगाते-लगाते नीचे उतर गए।

पूवाली ने बाद में बजू से सुना कि शांति बाबू चुनार की दुकान की तरफ़ निकल गए हैं। उनका परिवार वहीं रहता है। हां, उनकी बेटी कभी-कभार यहां आती है।

वैसे जाने-पहचान फ्रेम का जिक्र उठाया जाए, तो वह क्या सत्येश को ही कभी पहचान पाएगी? अगर उसे कहीं और, किसी अन्य परिवेश में देखे, तो क्या उसे पहचान लेगी?

कलकत्ते में भी चलते-फिरते, पूवाली को एक और डर लगा रहता है। हे भगवान, कहीं उससे भेंट न हो जाए...उससे कभी मुलाक़ात न हो।

डलहौजी की सिंगर मशीन की दुकान के कांच पर, उसने सत्येश की छाया भी देखी थी। वह उसकी बगल से ही गुज़र गया। अगर वह सिर उठाकर देखती, तो सत्येश उसे ज़रूर दिख जाता। लेकिन उसने सिर उठाकर देखा ही नहीं।

'अरे, तुमने देखा क्यों नहीं? सत्येश ने विस्मित लहजे में सवाल किया था।

पूवाली कोई जवाब नहीं दे सकी। लेकिन, देखा किसने था? जिसने सत्येश को देखा था, वह क्या यही पूवाली थी? सच तो यह है कि पहचाने हुए फ्रेम के बाहर तुम मेरे वही सत्येश नहीं हो, मैं भी तुम्हारी वही पूवाली नहीं हूं। सूरज के सामने, जैसे स्फटिक हज़ारहा रंग बिखेरता है। बस, वैसे ही...मैं तुम्हारी बात नहीं

जानती, लेकिन और-और वक़्त, और-और जगह, मेरा भी ढेर-ढेर परिचय है, लेकिन विश्वास करो, तुम्हें मैंने अपनी पवित्रतम सत्ता ही अर्पित की थी।

पिछले दिन, उसे सत्येश की आंखों में दर्द की झलक दिखी थी। यानी सत्येश के पास भी कुछ छिपाने को है? उसका भी कोई अन्य परिचय है?

पूवाली अचकचा गई।

चिरागहीन शहर! सारी दिशाएं निर्जन! आज न तो शांति बाबू हैं, न बजू, सत्येश आएगा कैसे? तब क्या उसे अकेले रहना होगा?

नीचे दरवाजा खटखटाने की आवाज़!

सत्येश आ गया!

पूवाली को याद आया, सत्येश से जब वह पहली बार मिली थी, उस दिन भी यह शहर इसी तरह 'हल्ले' में मस्त हो उठा था। यार्ड में गोलमाल, उन्मत्त जनता का उल्लास, पुलिस का लाठीचार्ज, हर जगह दंगों का समारोह मनाया जा रहा था।

पूवाली उस धक्कम-धुक्की में गिरने ही वाली थी कि उसका हाथ थाम लिया था, 'आइए, चली आइए।' और उसका हाथ पकड़े-पकड़े, उसे खींचते हुए स्टेशन के बाहर ले आया।

उसने उसे डपटते हुए कहा, 'कमाल की अक़्ल है आपकी! यूं खड़े-खड़े कोई धक्का खाता है भला?'

'मुझे क्या पता था कि ऐसा कांड मच जाएगा?'

'कहां से आ रही हैं?'

'बनारस से—'

'बनारस से निकलने से पहले, अगर ज़रा-सी कोशिश करतीं, तो पता चल जाता कि यहां कैसा उत्पात मचा है!'

'हाथ में लग रहा है—' पूवाली ने आहिस्ते से कहा।

सत्येश ने भयंकर, झट से हाथ छोड़ दिया।

वह क्या चैत का महीना था? वह क्या चैत का कोई दिन था? 'देखा था तुम्हारे नयनों में...' लेकिन ज़िन्दगी में कविता की प्रतिछाया खोजने को तो बेवकूफ़ी कहते हैं।

पूवाली जानती थी, कलकत्ता में नन्दन रोड के मकान में सुशील नामक एक नौजवान, पूवाली नामक एक लड़की को अक्सर ही समझाया करता था, 'देखो, कविता और ज़िन्दगी एक नहीं होती। इन दोनों को कभी एक करने की कोशिश मत करना।'

यह कहते हुए वह भरपूर गले से अश्लील-सा ठहाका लगाता था। सुशील के ठहाकों की आवाज़ बेहद वीभत्स होती थी, बेहद अप्रिय! पूवाली लगभग बौखला गई। उसे लगा, जैसे उसके बदन पर किसी ने कफ थूक दिया हो।

पहले उसे ऐसा नहीं लगता था। लेकिन, आजकल, पिछले दो साल से किसी-किसी मामले में, उसमें शुचि-बोध भी आ समाया है। इन्सान की हंसी, बातचीत का लहजा—हर मामले में शुचिता की ज़रूरत होती है, यह बात वह अपनी रग-रग में महसूस करने लगी है। मुझे यह सारा कुछ तुम्हीं ने सिखाया था, सत्येश, लेकिन आज तुम्हारी-मेरी राहें दो अलग-अलग दिशाओं में मुड़ती जा रही हैं। हम किसी शर्त पर भी अपनी राहें एक-दूसरे से नहीं जोड़ सके।

लेकिन वह पहली मुलाक़ात का दिन ही, पूवाली की ज़िन्दगी में चैत का नशीला महीना बनकर रह गया। हमेशा-हमेशा के लिए! सदाबहार!

पूवाली ने एक लंबी उसांस भरी और नीचे उतर गई।

सत्येश के लिए दरवाजा खोलना था।

'मैंने जो सोचा था, वैसा नहीं हुआ, पूवाली!' सत्येश ने ही बातों की पहल की।

'क्या?' पूवाली ने धीमे से पूछा।

सत्येश को देखते ही कोई एक ख़्याल, जैसे बाहर से दौड़ता हुआ आया और उसने पूवाली को ज़ोर का धक्का दिया। आज का दिन ही आख़िरी दिन है। अब फिर भेंट नहीं होगी। किसी दिन भी नहीं!

'तुम्हारा बनारस जाना नहीं होगा।' सत्येश हंसा।

सत्येश को जितना दुःख होता है, वह इतना ही हंस देता है। उसे काफ़ी कुछ बर्दाश्त करना पड़ा है, शायद इसीलिए वह ईषत् हंसकर बातें करना, नहीं भूलता।

'जाना नहीं होगा?'

'ना—'

'मंझली'दी आख़िर क्या सोचेगी?'

'उन्हें ख़बर कैसे होगी?'

'अगर ख़बर नहीं मिली, तो...'

'ना, मैं तुम्हें जाने ही नहीं दूंगा।'

सत्येश एकदम से नाराज हो गया।

'अच्छा, नहीं, नहीं, मैं नहीं जाऊंगी। इसके अलावा...' पूवाली ने ज़रा मीठी-सी हंसी बिखेरते हुए कहा, 'ऐसी मुसीबत में, मैं नहीं जाऊंगी। जाने का कोई उपाय भी नहीं है।'

'पूवाली, कोई ट्रेन ही नहीं है! सड़कों पर कर्फ्यू है। मुझे आख़िरकार एक पुलिस-वैन की मदद लेना पड़ी।'

'पुलिस-वैन तुम्हें पहुंचा गई?'

'हां! शांति बाबू कहां हैं?'

'आए ही नहीं—'

'तब तो आज वे नहीं आ पाएंगे। मिर्जापुर की ट्रेने बंद हैं—'

'तुम कैसे आए?'

'टैक्सी से–'

'इतनी दूर का सफ़र, टैक्सी से?'

'हां! बजू कहां है, पूवाली?'

पूवाली ने फिर एक लंबी उसांस भरी, 'बजू नहीं है। दोपहर को ही निकल गया था–' उसने कमरा खोल दिया।

'बजू नहीं है?'

'ना–'

सत्येश ईषत् हंसा, 'बजू नहीं है, शांति बाबू नहीं है। आज मैं और तुम अकेले हैं, पूवाली!'

'हां, अंत में...लग तो यही रहा है।'

यह कहते-कहते पूवाली का गला सूख आया। समूचा शहर बेचिराग़, सारा का सारा शहर 'हल्ला' में मतवाला! दूर-दूर बांस फटने की आवाज़ें! आग ही आग! बीच-बीच में तीखा सायरन बजाते हुए पुलिस की गाड़ियां गुज़रती हुईं! सारा कुछ पहले दिन की तरह! वही पहला दिन! सत्येश को क्या उस दिन की बातें याद नहीं हैं? ज़रूर याद हैं!

पूवाली ने नज़रें उठाईं। वाकई, सत्येश वही बात सोच रहा था, पूवाली को स्पष्ट आभास हो आया।

'क्यों, डर लग रहा है, पूवाली?'

'डर? नहीं, डर नहीं! तुमसे भला क्या डरना?'

यह कहते-कहते, पूवाली को ख़्याल आया कि अब वह, यह शहर फिर नहीं देख पाएगी। उसे बहुत तकलीफ़ भी हुई। हालांकि इतने दिनों, जाने कितनी बार उसे लगा है, कितनी ही बार उसने कहा है कि यह शहर बेहद बदसूरत, साधारण, वैशिष्ट्यहीन है!

'कुछ नहीं। इस क़िस्म की नंगीबुच्ची जगह मैंने नहीं देखी।' वह कहा करती थी।

'यहां कुछ क्यों होने लगा? यह जगह तो मुगल फौज की

ट्रांज़िट हॉल्ट थी। यहां से फौज ग्वालियर की तरफ़ कूच करती थी। फौजी यहां घोड़े बदलते थे, रसद लेते थे। यहां उनके लिए सब कुछ मौजूद रहता था।'

'पता नहीं, यहां से क्यों जाते थे? आगरा से ग्वालियर जाना कहीं ज़्यादा आसान है।'

'यह हमेशा से गृहस्थ लोगों का शहर था...'

'फिर भी...' पूवाली ने विस्मित लहजे में कहा, 'यहां हर्षवर्धन का दान-मेला भी तो लगता था। उससे भी बहुत पहले से त्रिवेणी तीर्थ का नाम था। नहीं कोई विशिष्टता नहीं है।'

उन दोनों की बातें सुनते-सुनते, एक दिन बजू भी बीच में टपक पड़ा, 'किसने कहा? पार्क देखा है? आनन्द भवन? कितनी-कितनी दर्शनीय जगह हैं, फिर भी आप कहेंगे कि कुछ नहीं हैं?'

आज इसी शहर में 'हल्ला' मचा हुआ था। पूवाली दुःखी हो आई। उसने तो चाहा था कि इस जगह की शांति अटूट रहे, क्योंकि उसकी शांति की खोज, यहीं पूरी हुई थी। हालांकि इन्सान जो चाहता है, वह होता नहीं।

सत्येश ने कंधे पर झूलता हुआ बैग उतारकर रख दिया। बजू को चूंकि उसके आने की ख़बर थी, इसलिए वह सारा इन्तज़ाम करके गया था। सुराही में पानी। चौकी पर चादर बिछी हुई! हीटर में केतली, प्याली, गिलास! पूवाली जानती थी, कभी, इतना-सा एकान्त पाने के लिए, वे दोनों अपना सब कुछ लुटा सकते थे! सिर्फ़ ज़रा देर अकेले में मिलने के लिए।

लेकिन ऐसा मौका कभी नहीं आया। दुनिया ने उन दोनों को इतनी-सी मोहलत भी नहीं दी। हमेशा भीड़भाड़ में ही मुलाक़ात! हमेशा कोलाहल में मिले। उनके दोनों कमरों के बीच का दरवाज़ा कभी हल्का-सा भी नहीं खुला और आज यह अखंड फुर्सत! विराट निर्जनता। आज इतनी निर्जनता लेकर पूवाली क्या करे?

'क्यों? डर लग रहा है, पूवाली?' सत्येश ने मानो बेहद गहराई से, मृदु स्वर में दुबारा पूछा।

नहीं, कोई डर नहीं—पूवाली ने सिर हिलाकर दुबारा जताया। अब तो वे दोनों कुछ भी कर सकते हैं। इतनी-सी निर्जनता की आख़िरी बूंद तक जी सकते हैं। अब कोई बाधा नहीं है। लेकिन यूं क़रीब आने को, क़रीब आना नहीं कहते।

'उसने मेरा कभी विश्वास नहीं रहा, पूवाली!' सत्येश ने उसके मन में उमड़ती बातों के जवाब में कहा।

'जानती हूं—'

'इसके अलावा, मैं भी जानता हूं, तुम भी...'

'हम शायद कुछ भी नहीं जानते, इसलिए जानकारी का वास्ता देने के से कोई फ़ायदा नहीं है।'

पूवाली की आवाज़ किंचित दबी-दबी और भर्रायी हुई लगी। पूवाली क्या रोती रही है? सत्येश की निगाह, उसके चेहरे पर गड़ गई। इतनी देर, वह जिस बात का सामना करने से बच रहा था, अब उसे टालना असंभव हो आया। उन दोनों के बीच की तमाम दरार, एकदम से सिमट आई थी! काफ़ी कुछ जमा हुआ था, जो इस वक़्त ज़ोर-ज़ोर से धक्का दे रहा था।

नहीं, वे नहीं जानते, पूवाली और सत्येश भी नहीं जानते।

सत्येश का मन हुआ, वह कहे—यह बात मैं भी जानता हूं और तुम कभी भी इतने दिनों हम एक-दूसरे के क़रीब नहीं आए, किसी शर्त पर भी नहीं! हमारे मन में चाहे जितनी भी तीखी चाह जागी हो, हमने एक-दूसरे का हाथ तक नहीं छुआ, हालांकि हम दोनों ही एक-दूसरे के प्रियतम थे, एक-दूसरे को सर्वाधिक प्रिय थे। तुम मुझे बेहद आकर्षित करती थी, पूवाली! मैं भी तुम्हें बेतरह खींचता था। लेकिन कुछेक पलों की छीनी हुई नजदीकी के लिए, हमारा मन ही राजी नहीं हुआ।

इस वक़्त पूवाली रो पड़ी है। उसकी आंखों से आंसू झर रहे हैं।

'लो, आंसू पोंछो–' सत्येश ने रुमाल आगे बढ़ा दिया।

आंसू पोंछकर, पूवाली ने हीटर का प्लग आर कर दिया और चाय की केतली रख दी। अचानक निःशब्द सड़क पर, दौड़ते हुए क़दमों की आहट!

'बजू आ गया। बजू! 'पूवाली बौखला उठी। लेकिन, नहीं, दौड़ते हुए क़दमों की आहट गुज़र गई।

'बजू कहां गया है?'

'पता नहीं! वह लड़का अतिशय अभागा है।'

'क्यों?'

'शांति बाबू ने उसे इतनी-इतनी सुविधाएं दीं। उसकी जगह और कोई होता, तो इन सुविधाओं से फ़ायदा उठाता और अपने लिए कोई कामधाम जुटा लेता।'

'शायद इसीलिए उसका कुछ नहीं बना–'

'किसलिए?'

'इसलिए कि शांति बाबू ने उसकी मदद की। जिस दिन वे उसे खदेड़ देंगे, देखना, वह अपने आप कुछ न कुछ कर लेगा। लेकिन वह गया कहां?'

'मुझे पता क्या? ज़रूर इस शहर की गड़बड़ी में कहीं न कहीं शामिल है। ख़ैर, छोड़ो, उसके बारे में परेशान होकर, हम क्या कर सकते हैं?'

'कहा नहीं जा सकता, शायद थाने में बंद हो–'

'थाने में?'

'असम्भव तो नहीं! पुलिस-वैन में इन्सपेक्टर साहब बता रहे थे कि दोपहर से ही शहर के 'नोटोरियस एलीमेंट्स' लोगों को गिरफ़्तार किया जा रहा है। उन्होंने तो यह भी कहा कि जो लोग राजनीति करते हैं, वे लोग कुछ ज़्यादा ही दख़लन्दाज़ी करते हैं और

सरकार न तो हमारे हाथों में पावर सौंपती है, न ही अपने झमेले सम्भाल पाती है। अरे, हमारे हाथों में पावर सौंप दे, आस-पास कहीं भी 'हल्ला' ख़बर मिलेगी, हम निशानदेह समाज-दुश्मनों को गिरफ़्तार कर लें–'

'इससे क्या सचमुच कोई फ़ायदा होता है?'

'उन्होंने तो कहा, फ़ायदा होता है।'

'फिर अब यह गोलमाल क्यों हो रहा है?'

'भई, अलग-अलग 'मोटिव' काम करते हैं। यार्ड के कुली क्वार्टर के साथ, पिछवाड़े की म्युनिसिपैलिटी की मेहतर-पट्टी का दंगा, काफ़ी पुराना है। लगता है, उन्हीं लोगों ने यह गड़बड़ी फैलाई है।' सत्येश बताता रहा, 'इसके अलावा, आजकल चारों तरफ़ इतनी-इतनी समस्याएं हैं, इन्सान इस क़दर कड़वा उठा है कि कहीं कुछ छिड़ा नहीं कि सबके सब बौखला उठते हैं; आपे से बाहर हो जाते हैं कि सबके सब मारपीट पर उतारू हो जाते हैं।'

'समूची पृथ्वी ही असहिष्णु हो उठी है–' सुशील ने एकदिन चीखकर कहा था, -'हम सहिष्णु क्यों बनें? सहते-सहते तो यह हाल हुआ है। कमर में चीथड़े लपेटे हम पंचशील की जय का राग अलाप रहे हैं। अरे, असहिष्णु बनो! निष्ठुर बन जाओ! कमजोर लोगों को झड़ुवाकर खदेड़ दो! नेचरूस लॉ चाहिए। कुदरत के क़ानून की ज़रूरत है! कुदरत के कानून की।'

'पूवाली बजू के लिए दुबारा परेशान हो उठी। हालांकि वह अपने को तर्क देकर समझाती रहती थी कि होटल के नौकर के भाई के लिए यूं परेशान होना बिल्कुल बेमतलब है। अचानक उसे किसी और घर की याद हो आई; कई और चेहरे उसकी आंखों के सामने उभर आए। वहां एक अन्य पूवाली बैठी हुई थी, जो बस, दूसरों की बातें सुना करती थी।

नन्दन रोड वाले घर में पूवाली की भूमिका सिर्फ़ श्रोता की

थी। उसे बस, सिर्फ़ सुनते रहना होता था। इसके बावजूद, पिछले दिन उसने अचानक ही वहां बजू का ज़िक्र छेड़ दिया। वैसे उसने बजू का नाम तो नहीं लिया, मगर यह ज़िक्र ज़रूर किया कि कैसे एक अच्छा-भला लड़का तबाही की तरफ़ बहा जा रहा है।

'सेंटिमेंट की फिजूल बर्बादी!' सुशील ने ग़र्दन झटक दी।

बीयर के प्रसाद से सुशील के क्रू-कट बाल और गोलमटोल चेहरा धीरे-धीरे भारी हो आया। सुशील और उसके यार-दोस्त, ज़िन्दगी के दुःख-दर्द भोगते रहते थे, इसलिए बार-बार बीयर की पनाह लेते थे।

इसके अलावा, जाने किसने तो कहा था कि सुशील का चेहरा यांकी गुंडे जैसी है। उसके बाद, एक दिन चौरंगी के ग्रैंड होटल के आर्केड में खड़े-खड़े, सुशील ने किसी पेपरबैक किताब के फ्लैप का पिछला पन्ना पढ़ डाला और पता कर लिया कि युरोप महादेश के कौन-कौन- से भावी कवियों की सूरत-शक्ल और कर्मकांड, बिल्कुल गुंड़ों-जैसी है, बस, उसके बाद से ही सुशील ज़्यादा-ज़्यादा बीयर पीने लगा, ज़्यादा-ज़्यादा कंधे झटकने लगा और राहगीरों को धकेलकर बसों में चढ़ने लगा।

इसके अलावा, उसे अपने किसी दोस्त की कविता पढ़कर, काफ़ी अर्से से कोफ़्त हो रही थी, इसलिए एक दिन उसके मेस में जाकर उस दोस्त पर घूंसे बरसा आया।

ऐसा कमाल का सुशील, अपने यार-दोस्तों की नज़रों में ग़ज़ब का सुशील, इस क़िस्म की हर हरक़त के बाद, पूवाली के पास दौड़ आता था। अपनी रंगीन कमीज़ का सामने का हिस्सा भिंगोते हुए, वह कभी-कभी रो भी पड़ता था। बाकी वक़्त वह बार-बार बीयर पीता था। हालांकि और-और समय, ख़ासकर पूवाली के संदर्भ में बे-हद हिसाबी-किताबी भी था! बेहद सतर्क!'

'सेंटिमेंट का अपव्यय मत किया करो, पूवाली।' एक दिन

उसने झुंझलाकर कहा था।

'सुशील, डार्लिंग, उसे सेंटिमेंटल होने दो...'

सुशील के दोस्त रवि की बीवी, कल्पिता ने अचानक उसका हाथ थामकर कहा।

रवि का पूरा नाम था—रविशंकर चाटुज्या! लेकिन उसने अपने नाम का 'शंकर' शब्द लुप्त कर दिया था। उसका ख़्याल था, निकट भविष्य में, जब वह अमेरिका जाएगा और उस देश के बाशिन्दे उसे कहीं दूसरा 'रविशंकर' न समझ लें! कहीं उससे सितार बजाने की फर्माइश न कर बैठें! वैसे सूरत-शक्ल से वह बेहद खूबसूरत था। लाट साहब की मूर्ति की तरह सख़्त-समर्थ।

कॉलेज में पढ़ते हुए, कल्पिता ने वह जो वालपेपर लिखा था—'हम सब, हर बंगाली बंदा सेक्स-हंगर...वासना की भूख के शिकार हैं—' उसके बाद से, उसकी भूख कभी ख़त्म नहीं हुई। किन्हीं दिनों वह कविता की भूख की शिकार थी, उसके बाद उसे प्रेम की भूख सताने लगी।

इधर काफ़ी दिनों से वह उच्चाकांक्षा की भूख की शिकार हो गई थी। 'ऊपर चढ़ जाने के बाद, सीढ़ी फेंक दो!' इस नीति में विश्वास रखकर, वह कई-कई लोगों के कंधे पर चढ़ी और धीरे-धीरे अपने लिए अपने नौकरी भी जुटा ली।

अपने लिए स्मार्ट नौकरी, पति के लिए कामकाज वगैरह जुटा लेने के बाद, कल्पिता अब ढेर-ढेर सिंदूर थोपती है और माथे पर बड़ी-सी बिंदी टांकती है। बीच-बीच में लच्छेदार भाषा में, औरतों की शुचिता-पवित्रता के बारे में, अपने दफ़्तर की पत्रिका में लेख लिखा करती थी।

मेरी मां! मेरी मां! 'का वास्ता देते हुए, पिछले दिन, वह कहीं भाषण भी दे आई, हालांकि वह अपने मां-बाप को, अपनी जवानी के शुरू दिनों में ही—'धरती मेरी मां, सूरज मेरा पिता—' कहते हुए,

उन दोनों को हैरान-परेशान छोड़कर, हमेशा के लिए चली आई थी और फिर उनकी कभी खोज़-ख़बर नहीं ली। अपना मुंहासों भरा गोरा चेहरा और मोटे चश्मा समेत वह पूवाली की तरफ़ बढ़ आई। औरत अगर हद से ज़्यादा गोरी हो और लम्बी हो, तो इस क़दर राक्षसी-राक्षसी नज़र आती है, पूवाली नहीं जानती थी।

वैसे भी हर लड़की या औरत को क्या ढीला-ढीला जूड़ा शोभा देता है? या नायलन की झलमल में, सभी दुर्धर्ष लगती हैं?'

'तुम किसी गुड्‌-फॉर, नथिंग...नाकारा छोकरे के बारे में सोच सकती हो, पूवाली?'

'शी कौन वेल एफोर्ड टु! ऐसा करने में वह पूरी तरह सक्षम है।' कल्पिता के पति-परमेश्वर ने उपेक्षा के लहजे में कहा।

उसके बाद, वह किसी भावी कल नहीं, परसों के कवि, हरित की बुद्धू-बक्काल बीवी को 'जवा', 'जवा' कहते हुए, एक कोने में खींच ले गया और कानों ही कानों में जाने किस बतकही में व्यस्त हो गया।

इस वक़्त, सत्येश के सामने बैठे-बैठे, पूवाली को ख़्याल आया, उसके आगे, उसने उन लोगों का कभी ज़िक्र नहीं किया। सत्येश तो उसके लिए, सुशील के पास से भाग आने की जगह था।

वैसे उसने सुशील के सामने भी कभी सत्येश का ज़िक्र नहीं छेड़ा। उसे.कुछ बताने का मन भी नहीं हुआ। सुशील के सामने तो उसकी हमेशा श्रोता की भूमिका रही है। सुशील का हुक्म मानकर चलने वाली, वह एक मशीन मात्र थी। इससे ज़्यादा वह कुछ भी नहीं थी।

'तुम क्या अभी भी बजू के बारे में परेशान हो, पूवाली?' सत्येश ने पूवाली की ख़ामोश सोच पर मानो टुप्पू से कंकड़ फेंका।

बजू? कौन बजू?

'नहीं, नहीं, मैं कोई और बात सोच रही थी।'

'तुम यहां के बारे में सोच रही थी या किसी और जगह के बारे में?'

'मैं क्या सोच रही थी, जानना चाहते हो?'

'न्ना! जहां मैं नहीं हूं, वहां के बारे में जानने का मुझे कोई चाव नहीं। इसके अलावा, ढेर-ढेर बातें जानने का, हमारे पास वक़्त कहां है?

हाथ में चाय की प्याली थामे-थामे, पूवाली कुर्सी पर आ बैठी।

'तुम्हारा एक ही बैग नज़र आ रहा है?' पूवाली ने पूछा।

'हां, एक ही है।'

'या तुम अस्पताल नहीं जाओगे?'

'जाऊंगा–'

'फिर? मीरा के कपड़े-लत्ते किसमें लोगे?'

'उसके पास तो सूटकेस है ही, पूवाली!'

अब जाकर पूवाली को याद आया कि पहले भी एक बार मीरा के रोग-मुक्त होने की संभावना नज़र आई थी। काफ़ी उम्मीद लगाए, सत्येश वह सूटकेस खरीद ही लाया था।

छः साल पहले, सत्येश जब मीरा को ले आया था, तब मीरा जानती थी, डॉक्टर जानते थे, सत्येश भी जानता था कि यह सिर्फ़ चंद ही महीनों का मामला है, उसके बाद, मीरा वापस लौट जाएगी। इसीलिए, वे दोनों मंझोले किस्म का बक्सा और हल्के-फुल्के कपड़े ही लेकर आए थे।

यहां से कुछ ही दूर पर अस्पताल! मीरा को वहां पहुंचाकर, सत्येश इसी होटल में ठहरा था।

लेकिन मीरा के लिए अस्पताल में ही बने रहने की ज़रूरत छः साल में भी ख़त्म नहीं हुई। दो या ढाई साल पहले, डॉक्टर ने एक बार कहा था कि मीरा को अब ले जा सकते हैं। इसीलिए सत्येश रेलवे के 'डिसपोज़ल सेल' से बड़ा-सा एक सूटकेस ख़रीद लाया था।

मीरा के पास धीरे-धीरे कपड़े-लत्तों और किताबों का ढेर कुछ

कम तो जमा नहीं हुआ था। डॉक्टर ने जब, जो-जो कहा, उसके लिए वही-वही ख़रीद दिया गया। सूटकेस खरीदकर भी सत्येश को यही लगा कि अच्छा ही है, बाद में गृहस्थी में काम आएगा। हालांकि कई बार की तरह, उस बार की भी, डॉक्टर को लाचारी में क़बूल करना पड़ा कि उन लोगों से भूल हो गई। मीरा को साथ ले जाने का वक़्त अभी नहीं आया। वह सूटकेस मीरा के पास ही रह गया था।

'मीरा के लिए इस बार शायद कुछ नहीं लाए हो...?'

सत्येश की पत्नी का नाम लेने में, पूवाली को कभी हिचकिचाहट नहीं हुई, आज भी नहीं हुई। मीरा किसी दिन भी उन दिनों के बीच नहीं रही, आज भी नहीं है। मीरा उनके लिए हमेशा बस, एक नाम रही; एक अस्तित्व भर! वह अपने अन्दर खुद ही क़ैदी बनी रही! एक विलुप्त रागिनी! मृत नदी!

सात-आठ साल तक शादीशुदा ज़िन्दगी गुज़ारने के बाद, वह उन्माद पागल हो गई।

'मेरे ही पाप की वजह से! मेरा ही गुनाह...' सत्येश हल्के पछतावे के लहजे में कहा करता था, 'दिन पर दिन, जो औरत कॉपी-पेंसिल लेकर बैठी रहती है और बीच-बीच में वह कॉपी फाड़-फाड़कर बर्फ के नन्हें-नन्हें टुकड़ों की तरह कागज़ की चिन्दियां बना देती हैं उससे क्या पूवाली ईर्ष्या कर सकती है?

इन छः सालों में मीरा जितने कागज फाड़ चुकी थी, उन सबको इकट्ठा करके, अगर हवा में उड़ा दिया जाए, तो समूचा शहर का शहर ढंक जाता। इसके बाद भी चिन्दियां बच रहतीं। उन्हें भी बर्फ टुकड़ों की तरह, हवा के हाथों इधर-उधर उड़ाया जा सकता था। मीरा जो खुद अटूट मौन लपेटकर, खामोश हो चुकी है। इन चिन्दी-चिन्दी कागजों का स्तूप, उस मौन का दूत बन सकता था।

मीरा को पूवाली ने अपनी आंखों से कभी नहीं देखा, हां, उसने सुना है कि मीरा गोरी-चिट्टी है; स्वास्थ्यवती है; प्राणवन्त

और सौम्य-उजली है। वह अतीत की मीरा थी।

आजकल की मीरा गोरी, दुबली-पतली, शांत औरत है, जो हमेशा निगाहें झुकाए रहती है। बीच-बीच में सिर्फ़ काफ़ी रात गए, जब उसे नींद नहीं आती, वह बाल संवारने बैठ जाती है। आइने में अपना मुखड़ा देखती है।

कभी-कभी अतिशय विस्मय से पूछ बैठती है, 'मुझे क्या हुआ है, बताओ तो?'

बाकी वक़्त वह कागज़ फाड़-फाड़कर चिन्दियां बनाया करती है। पूवाली को जब इस बात का ख़्याल आता है, उसे बेहद तकलीफ़ होती है! मीरा के लिए बेतरह उदास हो आती है। काश, हर किसी के लिए तकलीफ़ पाना, वह टाल सकती।

पूवाली ने मीरा से कभी ईर्ष्या नहीं थी; एक दिन के लिए भी नहीं! अब जो मीरा सत्येश के पास लौट रही है, भगवान करे, वह मीरा ही लौटे; डॉक्टर की बात सच निकले! उस मीरा को तो सपना पहचानती ही नहीं और जिसे पहचानती नहीं, उससे वह भला ईर्ष्या कर सकती है? उससे वह ईर्ष्या क्यों करने लगी?

भगवान, मीरा, सत्येश को सुखी करे। भगवान करें मीरा के साथ सत्येश सुखी हो! पूवाली तो इन दिनों हर पल यही सब सोचा करती है। रास्ता-घाट पर चलते-चलते, मन ही मन वह स्वगत प्रार्थना में डूब जाती है—सत्येश सुखी हो। पूवाली को यह भी पता है कि उसे छोड़कर जाना, सत्येश के लिए कितना बड़ा नुकसान है।

पूवाली यह भी जानती है कि उसने सत्येश को जो दी है, मीरा उसे कभी, किसी दिन भी नहीं दे सकती है। मीरा ने सत्येश को जो दिया है, पूवाली क्या दे सकती थी? पूवाली और सत्येश के प्यार के बीच, शुरू से ही इस हक़ीक़त का भी अहसास था कि उनका यह प्यार किसी हाल में भी स्वाभाविक पूर्णता तक नहीं पहुंच सकता।

ख़ैर, इसे पूर्णता मिले या न मिले, फिर भी यह प्यार सच तो है। पूवाली और सत्येश का, खून में नहाया दर्द तो सच है।

वह दर्द और टीस ही सच होकर ज़िन्दा रही। पूवाली ने सत्येश को प्यार ही क्यों किया?

'पूवाली तुम एक-एक बात करती हो और चुप हो जाती हो।'

पूवाली ने धीरे-धीरे अपनी निगाहें ऊपर उठाईं। उसकी आंखों में जैसे भूत का साया उतर आया हो! सम्मोहित और लाचार आंखें!

'क्या सोच रही हो, बताओ तो?'

'तुम जानते हो।' पूवाली ने बेसब्र होकर जवाब दिया।

अब उसके लहजे में हल्की-सी विरक्ति झलक उठी, 'मैं यह सोच रही थी कि कल से मैं क्या करूंगी। तुम भी ऐसा कोई सवाल क्यों करते हो, इसमें सिर्फ़ वक़्त की बर्बादी है?'

अब पूवाली समझ चुकी है कि जो सबसे बड़ा नुकसान, सबसे बड़ा सर्वनाश होने को है, उस पर उसका या सत्येश का कोई हाथ नहीं है यानी वक़्त गुज़र जाने का अहसास! इसके अलावा, सिर्फ़ यही वक़्त गुज़रता जा रहा है, ऐसा भी नहीं है, पूवाली को नज़र आ रहा था... आजकल हर पल नज़र आता रहता है...उसकी सत्ताइस साला ज़िन्दगी, किस क़दर अकारथ और निरर्थक हो गई। क़ीमत दकर अगर कोई चीज़ खरीदी जाए, तो इन्सान उसे बांट-बिखेरकर फेंक सकता है। सुशील भी उसे प्यार करता है, किसी दिन उससे विवाह करेगा, यह नक़द वादा उछालकर, पूवाली का ढेर-ढेर वक़्त छीनता रहा है...मनचाहा बर्बाद करता रहा है।

लेकिन सत्येश के साथ उसका छल-कपट का रिश्ता नहीं है। आलतू-फालतू बातें करके, सत्येश अपने दोनों का वक़्त क्यों बर्बाद करें? वक़्त बर्बाद कर सके, इतनी मुहलत कहां बची है?

इतने जरा से वक़्त का वह कैसे...किस ढंग से उपयोग करे?

अब तक उसे जाने कितनी ही बार यह ख़्याल आया है कि

सत्येश आख़िर तो किसी दिन मीरा के पास ही चला जाएगा, फिर अपने को यूं वंचित क्यों रखे? क्यों? क्यों?

वह सत्येश को अपने और क़रीब क्यों न पा ले? क्यों न सा-रे दुराव-छिपाव, आड़ बिल्कुल हटा दे?

लेकिन उसी पल, इस ख़्याल के साथ ही अन्दर से और एक शून्यता जैसे बोल उठी। पूवाली को यह भी पता था कि उस पाने में उसे कोई तृप्ति नहीं मिलेगी। यह मानो अपने को ही छोटा करना है।

इसके अलावा, उनके प्यार को इतने-से वक्त की शायद बेहद ज़रूरत थी। सत्येश तो अपने फ़र्ज़ पर अविचल था! मीरा का ख़्याल हर वक़्त उसके साथ होता है। जब-जब पूवाली को लगा है कि सत्येश अगर चाहता, तो अपने को ज़रा अलग-थलग नहीं कर सकता था? तब-तब उसे डर लगा है, बेहद डर लगा है।

उसे लगा है, अगर ऐसा हो जाए, तो सत्येश, शायद पूवाली के रिश्ते को भी कर्त्तव्य के शासन में शामिल कर लेगा। मुमकिन है, उसे यह लगे कि अब पूवाली को छोड़ना सम्भव नहीं है।

मुमकिन है, वह मीरा को ही छोड़ देना चाहे।

उस दिन भी शायद प्यार तो ज़िन्दा रहेगा, उनमें प्रेम भी बना रहेगा। लेकिन उसके स्वभाव के विरुद्ध उससे काम कराया, इसके लिए सत्येश पूवाली को शायद किसी दिन भी माफ़ न कर पाए। इसीलिए, सत्येश, मैंने तुम्हें किसी दिन कोई गुनाह नहीं करने दिया। मैं तुम्हारे पास नहीं रहूंगी। लेकिन मेरी यादें तुम्हारे मन में अमलिन रहें; उसे याद करते हुए, तुम शर्मिन्दा न हो।

लेकिन, इस वक़्त, पल-छिन, गुज़रते जा रहे हैं। इस वक़्त तो सत्येश और पूवाली का वक़्त बीतता जा रहा है? इसके बाद, क्या होगा, सत्येश? इतने दिनों मीरा अविचल स्मृति की तरह थी, इसके बावजूद, तुम मुझे प्यार करते थे।

इसके बाद, क्या मैं तुम्हारे लिए अविचल स्मृति बनकर रह

जाऊंगी और तुम मीरा को प्यार करोगे? मीरा! मीरा! मीरा तो उन्माद पागल हो गई थी, सत्येश, इसीलिए वह स्मृति बन पाई। मैं तो पागल नहीं हूं। मैं तो सहज-स्वाभाविक हूं। मेरे सत्ताइस साला शरीर में हर रक्तबीज जीवन्त है। मैं कैसे स्मृति बन जाऊंगी?

'शीपूस दैट पास इन द नाइट...' रात के वक़्त गुज़रती हुई भेड़ों की तरह, उसकी और सत्येश की भेंट, अगर कहा जाए, तो बीच-राह में हुई थी। दोनों ही अपनी-अपनी राह जा रहे थे, अचानक टकरा गए। 'शीपूस दैट पास इन द नाइट..'! उस वक़्त सत्येश की उम्र छत्तीस साल थी, पूवाली की पच्चीस! शीपूस दैट पास इन द नाइट—' सत्येश के पास थी, बारह साल की विवाहित ज़िन्दगी! पूवाली को भी अहसास था कि तीन सालों से वह सुशील से प्रतिज्ञाबद्ध है।

'जाओ, हाथ-मुंह धो आओ—' पूवाली ने धीमी आवाज़ में कहा।

हां, सत्येश की कविता पर अचानक नज़र पड़ गई। सत्येश के कमरे में एक प्रोफेसर सैम्पल की एक किताब छोड़ गए थे। वह कविता उसी किताब में पढ़ी थी।

पहले उस कमरे में एक प्रोफेसर आया करते थे। रात-दिन नोट लिखते थे, साथ में पाठ्य-पुस्तक भी होती थीं।

नोट लिख-लिखकर उन्होंने बेशुमार दौलत कमाई। उनका इकलौता बेटा बड़ंगी में रहता था! बीवी घर पर! बेटे की बहू को उसके पिता भेजते ही नहीं थे। वह मायके में ही पड़ी थी। उसे भी कोई बाल-बच्चा नहीं था।

अब, उनकी दौलत कौन लेगा, कौन भोगेगा, इसका कोई ठीक-ठिकाना नहीं था। प्रोफेसर लाल रात-दिन मगध, पटना, सागर वगैरह विभिन्न विश्वविद्यालयों में पढ़ाई जाने वाली अंग्रेजी के नोट्स लिखा करते थे।

हज़ारों रुपए कमाते थे। लेकिन जिस दिन उनके बेटे का बड़ंगी में निधन हो गया, उसके बाद से वे यहां नहीं आए।

पिछले दिनों ही अख़बारं में ख़बर छपी थी। कितने ही रुपए उन्होंने दान कर दिए, शायद इसीलिए उन्हें खिताब भी मिला था।

उन्हीं की छोड़ी हुई किसी किताब में उसने वह कविता पढ़ी थी।

लेकिन, बाद में बहुत बार पुवाली को लगा, आज भी लगता है, काफ़ी घनी-गंभीर रात के वक़्त, समुद्र के वक्ष पर दो आलोकित जहाज, रोशनी के संकेत में आपस में संवाद करते हैं, फिर अपनी-अपनी राह चले जाते हैं। पूवाली और सत्येश का रिश्ता भी बिल्कुल वैसा ही था।

या फिर उनका रिश्ता, दो विपरीत दिशाओं की तरफ़ जाने वाली ट्रेन की तरह है। बीच-राह में, कुछेक पलों के लिए शायद ठहर गए थे; सत्येश और पूवाली ने अपनी-अपनी खिड़की से चेहरा निकालकर आपस में जान-पहचान कर डाली। अपने परिचय और बातचीत के दौरान, यह बात दोनों ने मन ही मन याद रखी कि किसी भी पल उन्हें चल देना है; किसी भी पल उनके विदा की घंटी बजने ही वाली है।

सब कुछ जानते-समझते हुए भी दोनों एक-दूसरे को प्यार कर बैठे। असल में प्यार पर किसी का कोई वश नहीं होता।

'पूवाली, तुम अभी भी सोच रही हो, क्या सोच रही हो? तुम क्या कलकत्ता ख़बर भेजना चाहती हो कि तुम परसों नहीं जाओगी? आज बनारस लौट जाओगी, कल कलकत्ते के लिए रवाना होगी, तुम तो यही कहकर आई हो न?'

'कलकत्ता।'

पूवाली ने भौंहें सिकोड़कर कुछ सोचा।

उसके बाद, बेहद नीरस, लगभग खाली आवाज़ में उसने कहा, 'उस शख़्स के साथ मैं सारे रिश्ते-नाते ख़त्म कर आई हूं, सत्येश!'

'ख़त्म कर आई हो?'

'हां, बताऊंगी! तुम्हें सब बताऊंगी! पहले तुम नहा आओ।'

'अभी तो बहुत सारा वक़्त पड़ा है—'

'तब बात करेंगे!'

'शायद यही सबसे बेहतर होगा।'

उसके बाद, दोनों ही ख़ामोश हो गए। कहीं, क़रीब से ही हो-हल्ला की आवाज़ें तैरकर आने लगीं।

'आग!' सत्येश ने धीमे से कहा। यार्ड थे आस-पास ही रंगों का गोदाम! आगे मानो उसी तरफ़ से आकाश छू रही थी। सैंकड़ों लोगों का कोहराम!

'चलो, नहा ही आएं! ऐसा करो, तुम खिड़की बंद कर दो, पूवाली!'

जाते-जाते उसने अगला जुमला जोड़ा, 'जिस दिन तुम पहली बार यहां आई थी, पूवाली, उस दिन भी ऐसा ही गोलमाल मचा था।' थोड़ा-सा वक़्त गुज़र गया!

सबके सब आग बुझाने में इस क़दर व्यस्त हो गए कि कर्फ़्यू अभी भी बहाल है या नहीं, इस बारे में शायद किसी को भी ख़्याल नहीं आया।

'पूवाली, तुम क्यों यहां आकर...आज भी मुझे नहीं मालूम!'

अब वे दोनों आमने-सामने बैठे हुए थे। अभी रात के कुल दस ही बजे थे।

'...मैं अमिता के पास आई थी! अमिता मेरी सहेली है। यहां के एक एस पी की बीवी है। उसने अपने घर का पता-ठिकाना देकर, आने के लिए कई बार आग्रह कर चुकी थी—'

...लेकिन, पूवाली को यह जानकारी नहीं थी कि अमिता और नरेश बाबू, इन दिनों यहां से ट्रांसफर होकर मैनपुरी जा चुके थे। जब वह हावड़ा से ट्रेन में सवार हुई, उस वक़्त भी उसे अंदेशा नहीं

था कि अभी ज़रा देर में, वैगन-ब्रेकरों के एक गिरोह को गिरफ़्तार करने को लेकर, छिड़े हुए दंगे के दौरान, ऐसा कोई कांड हो जाएगा।

...स्टेशन पर उतरकर वह भयंकर मुसीबत में पड़ गई। बिल्कुल अजनबी जगह, उस घर से वह अकेली!

...विशृंखल जनता की भीड़ में धक्का खाते-खाते, पूवाली छिटककर गिरने ही वाली थी कि सत्येश उसका हाथ पकड़कर खींचते-खींचते, वहां से हटा ले गया।

'...कहां जाएंगी?'

पूवाली ने ठिकाना बताया।

'...पहले कभी यहां आई हैं?'

'...ना!'

...सत्येश ने चिन्तित होकर कहा, 'वह जगह ठीक नहीं है! बहोत निर्जन है! खुसरूपुर से बिल्कुल सटी हुई! इस वक़्त क्या वहां जा सकेंगी?'

...आख़िरकार, सत्येश ही उसे ले गया। कोई रिक्शा उस तरफ़ भला जाना चाहता था? काफ़ी कह-सुनकर, डेढ़ गुना किराया देने का वादा किया गया, तब जाकर एक रिक्शेवाले को राजी कराया गया। लेकिन उस ठिकाने पर पहुंचने के बाद पता चला कि, अमिता वगैरह, कुछ दिनों पहले ही बदली होकर जा चुके हैं।

...उस वक़्त पूवाली की हालत वैसी ही थी, जिसे कहते हैं, बाक़ायदा 'अतल सागर में पड़ना'! एकबारगी नई जगह! वह किसी को पहचानती भी नहीं थी! लौटना भी मुश्किल, क्योंकि गोलमाल की वजह से ट्रेनें बंद! इधर रिक्शेवाला भी जल्दबाज़ी मचा रहा था।

...आख़िरकार, सत्येश ने ही, उसकी स्थिति को समझते हुए कहा, 'देखिए, आज आप बनारस नहीं लौट सकतीं।'

'...जी-हां, लगता तो यही है!' पूवाली की आवाज़ ग़ज़ब की

शांत! परिस्थिति का विपर्यय उस वक़्त, उसे छू भी नहीं रहा था।

'...असल में, पूवाली के अन्दर जो आंधी चल रही थी, उसकी प्रबलता ने ही, उसे शायद यूं शांत और सख़्त बनाए रखा था। वह तो सुशील की प्रेमहीनता, सुशील के स्वार्थी मनोभाव और उसके प्रचंड लोभ के उत्ताप से भागकर, यहां चली आई थी।

...जिन लोगों से उसका काफ़ी अर्से से सम्पर्क नहीं था, ऐसे ही किसी परिचित के पास भाग आने का मन हुआ था। इसीलिए वह अमिता के पास भाग आई थी।

'...अब, कहां जाएंगी, बताइए तो?'

'...रेलवे के वेटिंगरूम में! और कहां?'

...उसकी बात सुनकर, रिक्शेवाले ने सिर हिलाया। स्टेशन की तरफ़, वह हरगिज नहीं जाएगा।

'...सुनिए,' सत्येश ने प्रस्ताव दिया, 'मैं होटल में रहता हूं। कभी-कभार महिलाएं भी आकर रहती हैं। आपको अगर कोई एतराज न हो, तो, आज की रात वहीं गुज़ार दीजिए। कोई कमरा ज़रूर मिल जाएगा—'

...पूवाली ने एतराज नहीं किया। वह तो अमिता के पास रहने ही आई थी।

...शांति बाबू ने भी पूवाली के लिए एक कमरा खोल दिया। बिस्तर की भी ज़रूरत है, यह सुनकर बजू बिस्तर और मशहरी भी ले आया।

...'कमरे की हुलिया तो काफ़ी ठीकठाक है...' पूवाली अवाक् रह गई।

यूं होटल के जिक्र तक से उसके तन-बदन में हिकारत फैल जाती है। उसे लगता है, होटल के कमरों का हर सामान, सैंकड़ों लोगों ने इस्तेमाल किया गया...बेतरह गंदा होगा। लेकिन सद्यः रंग-रोगन किया हुआ वह कमरा, उसे बेहद पसंद आया।

...जब मन उदास हो या मूड खराब हो, तो कुछेक पल अकेली रहने के लिए, इस क़िस्म का सद्यः रंग-रोगन किए हुए कमरे की चहारदीवारी में बैठं रहना बेहद भला होता है। उसे तो अभी भी यही लगता है कि कमरे में कहीं, एक भी तस्वीर नहीं! बस, एक आइना भर है! इस कमरे में अपनी मर्जी मुताबिक, मन की बातों से, इस उग्र श्वेत शून्यता को भरा जा सकता है, मन छुट्टी पा लेता है।

'...यहां ढेरों लोग आते हैं, दो-एक दिन रुकते हैं...' बजू ने बिस्तर बिछाते हुए बताया, 'यहां से आठ मील दूर बड़ंगी का अस्पताल है। कोई-काई मरीज को भर्ती कराने जाते हैं या उनके हाल-समाचार लेने, उनसे मिलने आते हैं, दो-एक दिन यहां रुकते हैं...' थोड़ा ठहरकर उसने वाक्य पूरा किया, 'हमारे यहां कोई बंधा-बंधाया बोर्डर नहीं है।'

...अगली सुबह, सत्येश से पूवाली की भेंट नहीं हुई। वहां से आते हुए उसने नहीं सोचा था कि उसे एक बार फिर अकेली होने की ज़रूरत पड़ेगी; वह दुबारा यहां आएगी।

आज पूवाली का मन हुआ कि ये सब बातें सत्येश के सामने दोहराए। सत्येश ही उसे बताए कि वह जैसा सोचता है, वह ठीक-ठीक वैसी ही है या नहीं? उसी तरह ईमानदार-सच्ची! निष्पाप! सुन्दर!'

सत्येश, तुम कहो...कह दो, तभी मैं सुन्दर बन सकूंगी! तुम कहो, मेरे अन्दर कोई पाप नहीं है! कहो, मेरा स्वभाव सुन्दर है! कहो, मैं पवित्र हूं। सुना, तुम मुझे सुन्दर बना दो।

'सुन्दर!' सुशील कहता था, 'पूवाली, तुम तो अनमोल हो! बेशक़ीमती! तुम्हें लेकर मेरे यार-दोस्त मुझसे जलते हैं! ईर्ष्या करते हैं।'

'तुम्हें पता है...?' उसने धीमी आवाज़ में सत्येश से कहा, 'जिस दिन तुमसे, मेरा पहला परिचय हुआ, उस दिन मैं अपने को बर्दाश्त नहीं कर पा रही थी। अकेली होने के लिए...कुछ देर अकेले

रहने के लिए, मैं भागकर अमिता के पास चली आई थी–'

'अमिता क्या तुम्हारी पक्की सहेली है?'

'नहीं, बस, ऊपर-ऊपर की दोस्ती है वैसे अमिता इसी को गाढ़ी घनिष्ठा मानती थी। उसने पति को बड़े गर्व से बताया था, आज भी गर्व से कहती है, मैं ही उसकी सबसे क़रीबी सहेली हूं। वैसे, ब्याह के बाद, इस क़दर सुखी होने के बाद, औरतों को शायद और किसी को दोस्ती की ज़रूरत नहीं पड़ती, फिर भी...'

'फिर भी...क्या?'

'फिर भी, मैं आई थी, क्योंकि मुझे मालूम था, खुद पीछे पड़कर या आगे बढ़-बढ़कर परिचय करना, उसके स्वभाव में नहीं है। इसकी उसे आदत भी नहीं है। सोचा था, कुछ देर अकेली रह सकूंगी। अब लगता है, वह नहीं मिली, अच्छा ही हुआ! इसीलिए तो तुमसे परिचय हो गया–'

'मुझे नहीं पता, पूवाली, मुझसे परिचित होकर, तुम्हारा क्या भला हुआ? पिछले कई महीनों से यही सवाल में खुद अपने से करता रहा हूं, मगर कोई जवाब नहीं मिला।

'ना! ना! ऐसी बात मत करो। अच्छा हुआ, बहुत अच्छा हुआ।' सत्येश खामोश!

'इससे ज़्यादा तो मैंने कभी उम्मीद नहीं की। मैं तो हमेशा से जानती थी, कि मीरा है।'

'मैंने तो तुम्हें बताया था मीरा नहों है। मेरी पत्नी मर चुकी है।'

'मैंने उस बात पर विश्वास नहीं किया था।'

'क्यों नहीं किया था, बताओ?'

'बजू ने मुझे बता दिया था, तुम मीरा को देखने बार-बार आते हो।'

'अच्छा?'

'इसके अलावा भी समझ में आता था। तुम जिस लहजे में

मीरा के बारे में बातें करते थे, जिस तरह बैठे-बैठे, एक के बाद एक, दवा कम्पनियों के विज्ञापन की किताबें पढ़ा करते थे, यह बात साफ़ समझ में आती थी कि तुम किस क़दर उम्मीद बांधे हुए थे कि वह अच्छी हो जाए, तुम्हारा पास लौट आए।'

'मैंने तुमसे सच कहा था, पूवाली! जिस मीरा से मैंने विवाह किया था, जिसे देखकर सब चकित रह जाते थे, ऐसी प्राणवन्त, ऐसी चंचल, इतनी ख़ुशदिल, वह क्या यही मीरा है? जितनी बार मैं अस्पताल जाता था, उतनी बार मुझे यही लगता था कि वह मीरा नहीं है। मीरा मर चुकी है। मीरा का चेहरा दख़ल करके, कोई मुझसे मज़ाक कर रहा है।'

'तुम मीरा को बेहद प्यार करते थे न?'

'बे-हद!'

'शायद इसीलिए मैं तुमसे प्यार करने लगी।'

'सिर्फ़ इसीलिए, पूवाली?'

'हां, सत्येश, मीरा असाध्य रोग भुगत रही थी, शायद किसी दिन भी निरोग न हो, फिर भी तुम्हारी फ़िक्र, धीरज, कोशिश देख-देखकर, इन्सान पर मेरा भरोसा लौट आया। तुम अपनी पत्नी को प्यार करते थे, सत्येश, इसीलिए मैंने पहली बार तुमसे प्यार किया या कहूं, तुम्हारे अन्दर की इन्सानियत को!'

'इसमें इन्सानियत की क्या बात है, पूवाली? पत्नी बीमार हो, तो उसका इलाज नहीं कराऊंगा?'

'फिर भी...इसमें थोड़ी-बहुत इन्सानियत तो ज़रूर होती है। तुम नहीं जानते, मगर मैं जानती हूं।

पूवाली को सीमा की याद हो आई, जिसके साथ, सुशील का दोस्त पार्थ, क़रीब तीन साल तक घूमता-फिरता रहा। ब्याह से पहले ही, सीमा प्लूरिसी की शिकार हो गई, इसलिए एक ही जुमले में वह शादी तोड़कर चला आया। उसने इसकी वजह यह दिखाई

थी कि किसी को एक बार प्लूरिसी हो जाए, तो उसे टी बी भी सकती है।

पूवाली को पार्थ निहायत बुज़दिल लगा था!

लेकिन सुशील ने कहा, 'पार्थ ने बिल्कुल ठीक किया। लव मी और लव माई डिज़ीज' हुंहः, मुझे प्यार करो, मेरे रोग को भी प्यार करो। भला ऐसा कहीं होता है?'

कल्पिता, रवि, सैकत, हरित–सुशील के किसी भी बंधु-बांधव की नज़रों में पार्थ का यह व्यवहार अस्वाभाविक नहीं लगा था।

'पार्थ, तुम न निरे कैड, हो–' पूवाली अपने को रोक नहीं पाई।

उस वक़्त सुशील ने पूवाली को चंद जुमलों में ही समझा दिया था, बंगाली जात दम क्यों तोड़ रही है।

सुशील ने कहा, 'यह सब दया, सहनशीलता, उदारता–इन्हीं सबकी वजह से, बंगाली क़ौम मरती जा रही है, बेजान होती जा रही है इन तथाकथित गुणों के प्रति ज़रूरत से ज़्यादा प्यार, एक बीमारी है। किसी भी चीज़ को प्यार नहीं करना चाहिए, कम से कम उस ढंग से नहीं–'

थोड़ा ठहरकर उसने दुबारा कहा, 'आजकल के डॉक्टर, इसीलिए मिशनरी लोगों को कन्डेम करते हैं! ख़ारिज कर चुके हैं। पता है, क्यों?'

इसका जवाब कोई नहीं जानता था। रेबेका भी नहीं, हालांकि वह ईसाई थी।

'रोगी की सेवा करते-करते, दे फेल इन लव विथ द डिज़ीज़! रोगों से उन्हें प्यार हो जाता है। यह जो मैं सेवा कर रहा हूं, कोशिश कर रहा हूं, विथ दैट ऐक्ट, दे फेल इन लव!'

अपने किसी दोस्त के घर, पेपरबैक पढ़कर, उससे अर्जित सारा ज्ञान, सुशील ने उगल डाला।

उसने बातों का सिलसिला दुबारा जोड़ा, 'जिन सब ख़ूबियों

को, ये बंगाली, काफ़ी बड़ा, काफ़ी विराट मानते हैं, आजकल के ज़माने वे अचल हैं। मसलन देखो, जितने भी विशाल-विशाल जन्तु होते थे, उनमें से कोई भी 'सरवाइव' नहीं कर पाया। इन डायनासोरों को ही लो। ये जन्तु विशाल जगह लेकर, रहते-सहते थे, नाउ दे आर एन्शिएंट फोसिल्स ऑन द शोर्स ऑफ डेकन! बेजान अस्थि-पंजर भर निशानी बच रही है।'

'मतलब?' पूवाली ने दबी आवाज़ में सवाल किया।

'हम लोगों को हिंस्र बन जाना होगा, पूवाली! बिल्कुल क्रुएल! निर्मम। तभी हम शायद सरवाइव कर पाएं। ये सब बड़ी-बड़ी ख़ूबियां ही बंगाल की नाइन्टीन्थ सेंचुरी है! कहीं, कुछ भी नहीं है, ओनली फिउ स्टैच्यूज़ रिमेन! कुछेक मूर्तियों का अवशेष! लेकिन, यह सब तुम्हें बताने से कोई फ़ायदा नहीं है, पूवाली! यू आर इन लव विथ द स्टैच्यूज़! तुम्हें इन बेजान मूर्तियों से प्यार हो गया है।'

'डार्लिंग!...' कल्पिता लपककर आगे बढ़ आई, 'अच्छा, तो तुम्हें मूर्तियों से प्यार हो गया है, पूवाली? इसीलिए मुझे तुम पर प्यार आता है! सच्ची, तुम न...बेहद ऐंटिक चीज़ हो!'

उसके बाद, उन लोगों ने भरपूर आवाज़ में ठहाका लगाया। उनकी घोषणा थी कि वे लोग ही यानी सुशील और उसके यार-दोस्त ही बांग्लादेश में नई हवा लाएंगे। ये सब वही लोग थे, जिन लोगों ने जहां भीड़ देखी, वहां भीड़ लगा दी, जिस शख़्स ने ज़रा नाम किया, उसे ही लेकर मस्त हो उठे, जिन लोगों ने नाम नहीं किया, उन्हें येन-केन-प्रकारेण, अपने पांवों तले कुचल डालना चाहते हैं, उसके बाद जीवन की यंत्रणा झेलने के नाम पर ढेर-ढेर शराब पीते हैं, हल्ला करते हैं।

'तुम उन लोगों के बारे में सोच रही हो, पूवाली?'

'तुम उन लोगों को नहीं पहचानते, मैं पहचानती हूं।'

उस दिन उन लोगों की लनतरानी वाली बातें सुन-सुनकर,

पूवाली का मूड अचानक बिगड़ गया। यूं मूड खराब होने पर वह अकेली-अकेली पैदल चल पड़ती है। उसका मन होता था, किसी अनजाने पार्क की बेंच या खुले मैदान या वेलवेडियर लॉन में, मारियन हेस्टिंग्स के लगाए हुए कैसुरिना पेड़ तले बैठी रहे।

'पूवाली, तुम्हें एक बात बताना ज़रूरी हो आया है।'

'बताओ–'

'सब कुछ क़बूल कर लूं–' सत्येश की मृदुल आवाज़ किसी गहराई से उभरी, 'ऐसा वक़्त हमें फिर नहीं मिलेगा।'

ना, जो कुछ कहना है, आज ही कह लेना होगा, जो सुनना है, वह भी आज ही सुन लेना है। कल के बाद, न कोई परिचय बचेगा, न कोई अंतरंगता रहेगी। हद से हद कुशल-समाचार लेना-देना ही सम्भव होगा, हालांकि यह भी नहीं होना चाहिए, क्योंकि उसके बाद, विदा लेने में दोनों को ही तकलीफ़ होगी। प्यार हो तो मिटाया नहीं जा सकता।

'मीरा को मैं सच ही प्यार करता था, पूवाली, जैसा प्यार अपनी बीवी को करना चाहिए, बिल्कुल उसी तरह प्यार करता था। हमारे परिचय में कोई नयापन नहीं था। चौब्बीस साल की उम्र में बापू ने ब्याह कर दिया। फोटो देखकर, मैंने उसे पसंद किया और विवाह की पहली रात, उससे जान-पहचान हुई। उससे जिस प्यार ने जन्म लिया, मेरे लिए वह बेहद बेशक़ीमती था। मैं तो और कोई औरत को जानता तक नहीं था।'

'यह तो बहुतेरों के साथ होता है, सत्येश!'

'कभी वह बीमार हो जाएगी, यह तो मैंने कभी सोचा ही नहीं था। सोचता भी कैसे, बताओ? टी बी, न्यूमोनिया, टायफायड...हां, इन सब रोगों से इन्सान परेशान नहीं होता। ये सब रोग चाहे जितने भी तकलीफ़देह हों, मगर जाने-पहचाने हैं। लेकिन पागलपन? मीरा पागल हो गई। वह इस क़िस्म का कोई रोग झेल रही है, यही

समझने में मुझे काफ़ी दिन लग गए। उसके बाद, डॉक्टर हालांकि दिलासे देता रहा कि वह ठीक हो जाएगी, मैं बेतरह रो पड़ा था, पूवाली! मानो किसी ने मुझे मीरा की मौत ख़बर सुनाई हो।'

उन दिनों भी मीरा पूरी तरह बीमार नहीं हुई थीं। काफी सारी बातों की उसे, उस वक़्त भी समझ थी।

सत्येश को रोते देखकर, उसने पूछा था, 'क्या हुआ है? बताओ न, जी, मुझे क्या हुआ? डॉक्टर ने क्या कहा? बताओ, मुझे बताओ न, जी!'

'................'

उसके बाद उसने सत्येश का हाथ थामकर पूछा, 'बताओ न, डॉक्टर ने क्या कहा? मुझे कोई भयंकर बीमारी हुई है? अब मैं ठीक नहीं होऊंगी।'

'मीरा! मीरा!' काफ़ी देर तक सत्येश, मीरा को अपने सीने से लगाए रहा।

उसके बाद, उसके माथे पर लोटते हुए बालों को हटाते हुए, उसने जवाब दिया, 'हां, मीरा, तुम बीमार हो, मगर ठीक हो जाओगी। सुनो, मैं जो-जो कहूंगा, वही-वही करोगी न?'

'हां, करूंगी!'

'मैं तुम्हें डाक्टर के पास ले चलूंगा। चलोगी न मेरे साथ?'

'ज़रूर चलूंगी।'

हालांकि उन्हीं दिनों से रोग अन्दर ही अन्दर घर करता जा रहा था। धीरे-धीरे मीरा को भी अहसास होने लगा कि उसे कोई भयंकर रोग लगा है, सत्येश उसका इलाज नहीं करा रहा है। कभी उसे लगता था, उसे दिल के रोग ने दबोच लिया है, कभी उसे महसूस होता, आंखों की बगलवाली नस में असहनीय दर्द है—

उसके बाद भी, काफ़ी दिनों तक, सत्येश यह विश्वास नहीं कर पाया कि मीरा वाकई बीमार है।

लेकिन एक दिन, मीरा ने उसे चरम आघात दिया।

दवा का गिलास हटाते हुए, वह ज़ोर से चीख उठी, 'तुम मुझे ज़हर दे रहे हो?'

'मैं? तुम्हें ज़हर दूंगा?'

'हां, ज़हर ही दे रहे हो। लेकिन मैं, ज़हर नहीं खाऊंगी। मुझे ज़हर मत दो, प्लीज़, मुझे डर गलता है।'

सत्येश दहशत से कांपने लगा। उसने तो ज़हर नहीं दिया। वह तो नींद की दवा देना चाहता था। मीरा इसी से, इतना डर गई?

सत्येश ने उस दिन पहली बार महसूस किया, मीरा का रोग कितना खौफनाक है!

जाने कितनी-कितनी जगहों का चक्कर लगाने के बाद, उसे इस अस्पताल में लाया गया।

'आदमी अगर बीमार हो जाए, तो उसका अद्भुत-अद्भुत चेहरा नज़र आता है, पूवाली! तुम्हें पता है? शुरु-शुरु में मीरा के मां-बाप तक ने विश्वास नहीं किया। उसके बाद उसकी मां उसे कलकत्ता ले गई और काफ़ी दिनों तक दैव-इलाज कराती रहीं! जाने कहां-कहां के कंगन, धागा, कहां-कहां की दवाएं!'

'उन लोगों का भी दोष नहीं था! यह करो, वह करो, लोग-बाग तरह-तरह की सलाहें दे-देकर दिमाग़ खराब कर देते हैं।'

'लेकिन इन सबसे कोई फ़ायदा तो नहीं हुआ।'

'इन सबसे फ़ायदा कहीं होता है? एक दिन, जब मैं वहां पहुंचा, तो देखा कि दिन भर खाना न देकर, उसे भूखा रखा है और जाने क्या पूजा-पाठ करा रहे हैं। डॉक्टरी दवा भी बंद कर दी थी। उस दिन उसे देखकर, मुझे, बेहद तकलीफ़ हुई। मीरा मेरे पास भागकर आई और बार-बार पूछती रही—बताओ न, मुझे क्या हुआ है? इस तरह रहते हुए, मुझे बिल्कुल अच्छा नहीं लग रहा है।'

'सोचने लगो, तो बेहद तकलीफ़ होती है—'

'ख़ैर, मैं जितनी तरतीब से तुम्हें बता रहा हूं, मीरा ने उतने स्वाभाविक तरीके से, इतने सहज अन्दाज़ में ये बातें नहीं कीं थीं।'

मीरा कमरे के फ़र्श पर चुपचाप बैठी हुई थी। खुले बाल! देखभालविहीन...रूखा-सूखा चेहरा! जोगिया रंग की एक कोरी साड़ी जैसे-तैसे उसके बदन से लपेट दी गई थी।

काफ़ी देर से यूं बैठे-बैठे, मीरा के इर्द-गिर्द जो स्तब्धता ठहरी हुई थी, वह मानो जम गई थी। कमरे का एक कोना जैसे-तैसे धुला हुआ। वहां लकड़ियों का बंडल, बालू, सिकोरा! मिट्टी की हंड़िया में कागज़ों की चंद पुड़िया! शायद हवन-सामग्री रही होगी।

मीरा रह-रहकर ज़ोर-ज़ोर से विश्वास फेंकती थी और इधर-उधर आंखें फाड़-फाड़कर देख रही थी।

अचानक वह सत्येश के क़रीब चली आई और उसने, उसकी आंखों में झांका! मीरा की आंखों, उन आंखों में अपनी पहचान देखकर, मारे खुशी के सत्येश को रुलाई छूटने लगी।

'बताओ न, जी, मुझे क्या हुआ है?' उसने फुसफुसाकर पूछा।

अगले ही पल, बेहद कमजोर आवाज़ में उसने अगला जुमला जोड़ा, 'मुझे इस तरह रहते हुए बिल्कुल भी अच्छा नहीं लग रहा है। मेरी अच्छी-अच्छी साड़ी-ब्लाउज़ कहां गए?' मीरा रो पड़ी।

अगले ही पल उसकी आंखों में अपरिचय का खौफ झलक उठा।

'तुम कौन हो?' अस्फुट आवाज़ में पूछते हुए, वह डरी-डरी-सी पीछे हट गई।

'उस वक़्त मुझे बेहद तकलीफ़ हुई थी, पूवाली! उन लोगों का सा-रा पूजा-पाठ, मुझे निपट गंवारपन और धप्पाबाज़ी लगी। मीरा को लेकर, मैं उसी दिन चला आया। वे लोग बेतरह भड़क गए। वे लोग किस क़दर नाराज़ हो गए थे, यह तो तब पता चला,

जब मीरा को मैं अस्पताल में भर्ती करा आया। मेरी सास यह अफवाह फैलाती फिरी कि मैं दूसरी शादी करना चाहता हूं, इसलिए बीवी को मैंने अस्पताल भेज दिया–'

'अच्छा, उन्होंने ऐसा कहा?'

'यही तो सुनने में आया।'

उनकी ये बातें सुनकर, सत्येश को बेतरह चोट लगी। उसी दिन से उससे लिए यह दुनिया बेहद बेरंग और बेस्वाद लगने लगी।

'वैसे, बाद में उन्होंने खुद ही अपना इल्ज़ाम वापस ले लिया। मुझसे रिश्ता सुधारने के लिए वे बेचैन हो उठीं।'

'अब...?'

'अब तो वे खुद ही कहती हैं, सत्येश, मीरा अब ठीक नहीं होगी। तुम्हारी अभी उम्र ही क्या है? अब सारी ज़िन्दगी क्या अकेले-अकेले गुज़ारोगे? अब तुम ब्याह कर लो।'

'यह बात उन्होंने कब कही?'

'अभी तो उसी दिन कहा। उन्होंने तो यहां तक कहा कि इसके लिए अगर कोर्ट-कचहरी करना चाहो, तो हम बिल्कुल बुरा नहीं मानेंगे। मीरा के लिए तुमने बहुत कुछ किया, सत्येश, हमारे बोलने को कुछ भी नहीं है–'

पूवाली ख़ामोश!

'उनकी बातें सुनकर, अपना आपा, बेहद छोटा लगा, पूवाली! अपनी ही नज़र में बेहद स्वार्थी हो आया। मुझे मालूम है, यह ज़रूरी भी है। लेकिन, यह सोचते हुए तकलीफ़ भी हुई कि ऐसे-ऐसे क़ानून भी मौजूद हैं, जिसमें पत्नी या पति के रोग-व्याधि का वास्ता देते हुए, एक-दूसरे को छोड़ सकते हैं! पति, पत्नी को त्याग सकता है, पत्नी, पति को...'

'..............'

'मैं जानता हूं, इन्सान बेहद खुदगर्ज़ हो चुका है। अस्पताल

में बीवी या बच्चा मर जाता है, तो सिर्फ़ दाह-ख़र्च बचाने के लिए, इन्सान भाग खड़ा होता है। इसके अलावा, भयंकर ख़ुदगर्ज़ी की और-और मिसालें भी, प्रायः रोज़ ही देखता हूं। जिस दिन मीरा को अपनी पीठ से उतार फेंकने की सलाह सुनी, उस दिन मुझे लगा, इससे निर्मम बात, मैंने कभी नहीं सुनी।'

'बस, इतना ही कहना चाहते थे?'

'नहीं अभी और भी बहुत कुछ क़बूल करना है!'

सत्येश उठ खड़ा हुआ। सुराही से उड़ेलकर, उसने पानी पीया। कुछ देर, इस छोर से उस छोर तक वह चहलकदमी करता रहा।

'देखो, पूवाली, जो मैं नहीं हूं, तुम्हारी नज़र में उसका नाटक करके, झूठमूठ कोई तारीफ़ नहीं बटोरना चाहता।' सत्येश अन्दर ही अन्दर अस्थिर हो उठा।

उसने दुबारा पानी उंड़ेला! गट्-गट् पानी पीया।

'हां, बताओ–

पूवाली को अन्दाज़ा हो गया, अब कोई नई स्वीकारोक्ति आनेवाली है।

'जब मेरी, तुमसे भेंट हुई थी, पूवाली,' सत्येश ने बेजान आवाज़ में कहा, 'उतने दिनों, मीरा को झेलते-झेलते, अब मैं थक गया हूं। भलामानस बने-बने, त्याग करते-करते, मेरा सारा सब्र ख़त्म हो चुका है। उसके बाद, यह हर महीने दो-दो बार आना-जाना...इससे मुझे खौफ़ होने लगा है। इसके अलावा...'

'हां-हां, बोलो–'

'इसके अलावा, उस वक़्त मैं चाहे जिस भी उपाय से हो, युक्ति पाने के लिए मैं भयंकर रूप से व्यग्र हो उठा। हालांकि युक्ति की कोई राह नज़र नहीं आई। उन दिनों, रुपए-पैसे, धीरज-सब्र...मैं हर तरह से फकीर हो गया! उस वक़्त मेरा दिल-दिमाग़ भयंकर रूप से खाली हो चुका था। कई-कई मुझे क्या ख़्याल आते रहे, पता है?'

'देखो, तुम्हें बताने में अगर तकलीफ़ हो रही हो, तो रहने दो, मत बताओ, सत्येश!'

'तकलीफ़?' सत्येश मानो चीख उठा, 'तकलीफ़ नहीं, पूवाली, तुम्हें यह जानना ही होगा कि उन दिनों मैं क्या सोचा करता था।'

'बताओ–'

'हां, मुझे तुमसे सब कुछ कहने दो! मैं सोचा करता था, मर्सी-किलिंग...हमदर्दी में दी गई मौत...बुरा क्या है? अख़बारों में या और कहीं, रोगी को मुक्ति देने के लिए, किसी की 'मर्सी किलिंग' की ख़बर छपी होती, तो मैं काटकर रख लेता था। क्यों रख लेता था, जानती हो? बाद में, जब लोग, ख़बरों की वे कटिंग देखेंगे, तो समझ सकेंगे कि क्यों मैंने मीरा को...। उस वक़्त मैंने यह भी तय कर लिया था, पूवाली कि मीरा को मारकर, मैं खुद भी आत्महत्या कर लूंगा। अगर मैं पकड़ा गया, तो मर्सी-किलिंग और आत्महत्या के पक्ष में बहुत कुछ कह जाऊंगा। मैं क्या-क्या कहूंगा, यह भी मैंने तैयार कर लिया है। जिस दिन मेरी-तुम्हारी भेंट हुई, उस दिन अगर तुम सूटकेस खोलतीं, तो सारा कुछ देख लेतीं। सारे कागज मैं अपने साथ ही रखता था न! यह बात मैं पहले से ही जानता था, आत्महत्या की कोशिश अगर पकड़ ली गई, तो सीधे जेल! लेकिन, पूवाली, उसी वक़्त तुम आ पहुंची! तुम्हें देखते ही, मैं समझ गया, तुम मेरी नियति हो।'

सत्येश की आवाज़ बुझते-बुझते, फुसफुसाहट में बदल गई, 'इसलिए...तुम्हारे लिए यह जान लेना ज़रूरी है कि मैं महापुरुष नहीं हूं। मैं मीरा की हत्या करने जा रहा था।'

उसी दिन से मैं खूनी बन गया! मर्डरर बन गया। खून करने से ही खून नहीं होता। अपने ख़्यालों, कल्पनाओं में, मन ही मन मैं, मीरा

की हत्या करता रहा, इसलिए मैं हत्यारा हूं, मैं पल-पल उसका खून करता रहा। मैं उसका खून कर ही देता। लच्छेदार बातों से बदला-फुसलाकर, अस्पताल के सुपर को समझाकर, मैं मीरा को बाहर निकाल लाता। उसके बाद ही मेरी आंखें देखती रहती थीं...मैनपुरीवाले क्वार्टर में, हमारे छोटे-से कमरे में, वह मेरी गोद में सिर रखे सो रही है और मेरी उंगलियां उस की गर्दन दबा रही हैं और धीरे-धीरे जमती जा रही हैं।

शायद इसीलिए मीरा को सच ही जितनी बार बड़ंगी में देखा, उतनी बार मेरे अन्दर भयंकर टीस जाग उठी। उसके लिए नई से नई चीज़ें ले जाता, गड्डी-गड्डी कागज़! जैसे नन्हें बच्चे को पीट देने के बाद, उसके हाथ में खिलौना थमा देते हैं और डरते हुए विवेक के साथ यह देखते हैं कि उसने खुश होकर, हाथ में खिलौना थमा या नहीं; उसकी शिशु-आंखों ने उसे माफ किया या नहीं, बिल्कुल उसी तरह आकुल आग्रह से मैं भी देखा करता था कि वह कागजों की चिन्दियां बनाती है या नहीं। मुझे लगता था, मीरा पागल ज़रूर है, लेकिन उसकी माफी मिले बिना, मैं मर ही जाऊंगा।

इन्हीं खिलौनों से खेलने की हमें आदत है। हम सब अन्याय करते हैं...भूलें करते हैं...इसके लिए माफी न मिलने पर, भयंकर यंत्रणा झेलते हैं।

जिस दिन मीरा एक़ बार भी सिर उठाकर, मेरी तरफ़ नहीं देखती थी, उस दिन मुझे बस, यही लगता था, जैसे वह सब कुछ जान गई है। मुझे लगता था, मीरा सर्वशक्तिमान है, अलौकिक क्षमता की अधिकारी है। वह जान गई है कि यह जो मैं इतने जतन से, एक-एक अंगूर तोड़-तोड़कर, उसके मुंह में डाल रहा हूं, बड़े प्यार से उसके माथे पर लोटते हुए बाल हटा रहा हूं, वही मैं उसे मार डालना चाहता हूं, उसकी हत्या करने का सपना देख रहा हूं, इसीलिए वह सिर उठाकर, मेरी तरफ़ नहीं देख रही है।

मुझे बे-हद-बे-हद तकलीफ़ होती थी। मैं मन ही मन बुदबुदा उठता था—मीरा ने अगर नज़रें उठाकर, मेरी तरफ़ नहीं देखा। तो मैं सच ही मर जाऊंगा। हां, सत्येश ज़िन्दा रहेगा या मर जाएगा, कई-कई शाम, यह बात, विजिटिंग-समय में, एक पागल-छागल औरत की निगाहों पर निर्भर करती थी। वह औरत नज़रें उठाकर, उसकी तरफ़ देखती है या नहीं।

सत्येश ठहरा मध्यवित्त बंगाली नौज़वान! बैंक का नौकरिया! विवाह के बाद भी, कुछ दिनों तक, जो शख़्स कविताएं लिख-लिखकर खुश होता था, धोबी-धुले कपड़े पहनकर सुखी होता, महीने के शुरू में फिल्में देखता था, सत्येश वही शख़्स है। बीवी के पागल हो जाने के बाद, उसके इलाज में ख़र्च करते-करते वह दिवालिया हो गया था, वही सत्येश ज़िन्दा बचेगा या दम तोड़ देगा, यह बात सिर्फ़ मीरा पर निर्भर करती थी।

मीरा के मन में शायद कोई शैतान करतब दिखाता रहता था, इसीलिए कभी- कभी वह बिल्कुल सिर नहीं उठाती थी; उसकी तरफ़ एक बार भी नहीं देखती थी।

उन दिनों में, दुनिया ने सत्येश के लिए बेहद संकरी-सी...बस, चलने-फिरने, जितनी जगह सुनिश्चित कर दी थी। मीरा ने उसे माफ किया या नहीं; मीरा ने नज़रें उठाकर देखा या नहीं देखा, सिर्फ़ इसी बात पर, सत्येश का जीना-मरना निर्भर करता था, तब सत्येश की दुनिया बेहद संकरी, छोटी और ख़तरनाक हो उठी थी—यह बात कहने के अलावा और उपाय भी क्या था?

सत्येश मानो बारिश में वह फिसलनभरी कार्निश पर चल रहा हो या खाई की अतल गहराई को वह रस्सी के सहारे पार कर रहा हो, ऐसे में मीरा अगर उसे माफ कर दे, तभी सत्येश सुरक्षित है; मीरा अगर आंखें उठाकर देखे, तभी वह बच सकता है, वर्ना वह मर जाएगा, उसे मरना ही होगा।

'जब मेरे मन की ऐसी हालत थी, उस वक़्त तुम्हारी रुलाई ने मुझे बचा लिया—'

'मेरी रुलाई?'

'हां, मैंने एक अपरिचित औरत को होटल में ठहराया, अपने ठीक बगल वाले कमरे में! लेकिन उस वक़्त मैं निरुपाय था। उस दोपहर, मीरा मुझे देखते ही चीख उठी- वह कौन है? कौन हो तुम? बोलो, तुम कौन हो? मीरा उससे डरकर, कमरे के कोने में दुबक गई थी। उसके बाद, उसने कहा—तुम्हारा दिया हुआ अंगूर, मैं नहीं खाऊंगी।'

चूंकि उसे अंगूर बेहद पसंद है, इसलिए मैं अक्सर ही उसके लिए अंगूर ले जाता था, लेकिन वहां पहुंचकर, कमरे के कोने की तरफ़ मेरी नज़र पड़ी। कुचल-मसलकर फेंक दिए गए अंगूर, वहां लुढ़क-पुढ़क रहे थे। अचानक मुझे लगा, यह ईश्वर का न्याय है! मीरा समझ गई है कि अब मैं उसे बर्दाश्त नहीं कर पा रहा हूं। बस, रौव्वत और करुणा मुझे वहां खींचकर ले जाती है।'

'तुम तो झूठमूठ उसके पागल आचरण, अस्वाभाविक बातचीत पर, समझदारी और उद्देश्य आरोपित करके, यूं ही दुःख पा रहे हो।

'हो सकता है! शायद तुम्हारी ही बात सच हो। जब मीरा स्वस्थ थी, मेरे बंधु-बांधव भी थे, किताबें पढ़ने की आदत थी, सिनेमा-थियेटर था, मैं बहुत कुछ अपना था। उस वक़्त यह कोई नहीं ऋहता था कि मैं मेंटल हूं। लेकिन, पूवाली, मीरा के बीमार होने के बाद, मैं भी उसके साथ-साथ, उस चारदीवारी में अटका रह गया।'

'अच्छा, पहले दिन तुम क्या मेरे बगलवाले कमरे में ही थे?'

'हां, तुम नहीं जानतीं, मैं सिर्फ़ जानता भर था। उन दिनों मैं निरुपाय था, सिर्फ़ आत्महत्या के बारे में सोचता रहता था; मीरा से नाराज रहने लगा था। हताशा मुझे यूं डुबाकर मारेगी, यह मैं नहीं जानता था। मुझे हर वक़्त यह लगता रहा था कि काश, मैं अपनी

चिन्ता-फ़िक्र का वृत्त हटा पाता, अगर किसी और सोच में डूब पाता...अचानक मेरे कानों ने तुम्हारी रुलाई की आवाज़ सुनी और मैं बच गया।'

'बच गए?'

'हां! अचानक मुझे लगा, लो, देखो, और भी एक दुःखी इन्सान है। उसे भी दुःख है, वह रो रही है, मुमकिन है, उसका दुःख, मेरे दुःख से ज़्यादा बड़ा हो। मेरी तरह, कोई और भी लंगड़ी खा गया है, मुंह के बल गिर पड़ा है! यह अहसास होते ही मेरे अन्दर से, एक वीभत्स उल्लास, एकदम से उछलकर, ऊपर आ गया। यह सब सोचकर, मुझे कितना भला लगा, क्या बताऊं! हां, एक बार, सिर्फ़ एक बार मन में यह ख़्याल भी जागा, उसके दुःख की वजह तो मैं कुछ जानता ही नहीं। अगर कहीं यह औरत आत्महत्या कर ले? मैं तुम्हारे दरवाजे पर कान लगाए बैठा रहा। यूं कान लगाए बैठे-बैठे और तुम्हारा रोना सुनते-सुनते, मैं अपनी आत्महत्या का इरादा, जैसे भूल ही गया। जैसे ही यह ख़्याल मेरे दिमाग़ से हटा, मेरे मन की स्वाभाविक स्वस्थता, मानो लौट आई! उस दिन मन ही मन मैंने तुम्हें ढेर-ढेर धन्यवाद दिया।'

हां, पूवाली उस दिन रोई थी। बहुत दिनों बाद, निर्जन एकान्त में, अपने को सबसे अलग करके, रोती रही। सुशील का मुंह जोहते हुए उसने जो अपनी ज़िन्दगी तबाह कर ली, इस दुःख से वह रोती रही।

सुशील काफ़ी लम्बी राह, उसे पैदल-पैदल चलाता रहा, बड़े चौड़े-चौड़े रास्तों पर उसे दौड़ाता रहा। सुशील की इच्छा के पीछे दौड़ते-दौड़ते, चलते-चलते, उसने जो चाहा था, स्वाभाविक तौर पर उसने जो बननेवाली थी, वह उससे काफ़ी दूर हट आई थी। अब काफ़ी दूर से अपना वह चेहरा निहारते हुए, वह अपने ही दुःख से रो पड़ी थी।

'रुलाई तो अय्याशी है–' एक दिन, अंधेरे टेबल पर कॉफी

के धुएं में डूबे-डूबे, सुशील ने कहा था, 'लेकिन तुम्हें बताने से कोई फायदा नहीं। तुम्हें तो मूर्ति देखकर ही रुलाई आने लगती है; खोए हुए मूल्यबोध के लिए तुम आंसू बहाती हो।'

'रोते तो तुम भी हो, सुशील!'

'ओ येस! बीयर पीते ही मैं रोने लगता हूं। असल में बीयर की खुमार में मेरे 'लॉफ्टी'...ऊंचे-ऊंचे सेंटिमेंट्स एकदम से जाग उठते हैं। उस वक़्त तुम मुझे अपनी मां नज़र आती हो, पूवाली! तुम्हारे आंचल में दुबके रहने का मन होता है। मेरी रुलाई, बीयर की रुलाई होती है! ग्लैंड...आई मीन ग्रंथियों का मामला है।'

'तुम्हारी मां अब कहां है?'

'सम व्हेयर! होगी कहीं! ज़रूर अपनी किसी बेटी के घर में। इस-उस बेटी के बेटा-बेटी संहाल रही होगी। मेरी बहनें, समझीं, पूवाली, इस नज़रिये से काफ़ी जाबाज़ हैं! काम नहीं, तो खाना नहीं।'

'तुम्हारी बहनों की माली हालत भी तो ठीक नहीं है–' पूवाली ने साहस बटोरकर कहा, 'तुम्हें तो चाहिए...'

'रखूंगा, ज़रूर रखूंगा। लेकिन बाद में! पहले...' सुशील ने अपनी आवाज़ में प्यार उंड़ेलते हुए कहा, 'पहले जहां तुम्हें लाकर रखूंगा, उतनी-री जगह तो बना लूं–'

पूवाली का मन हुआ कि वह कहे कि मुझे लाकर कहीं रखना ही होगा, इसका भी भला क्या तुक है?'

लेकिन उसने जुबान नहीं खोली। उसकी हिम्मत ही नहीं पड़ी। इस क़िस्म की बात जुबान से फिसलते ही, सुशील हिंसा बाघ हो उठता था और पूवाली को धर दबोचता था। पूवाली को वह कितना-कितना प्यार करता था; वह न मिली, तो उसका बड़ा नुकसान हो जाएगा, उसकी जान निकल जाएगी...ऐसे-ऐसे जुमले वह स्वच्छन्द भाव से चारों तरफ़ उछालता रहता था।

रोज़-रोज़ विज्ञापन देखते हुए, इन्सान को जैसे भरोसा हो

जाता है कि फलां साबुन या फलां ब्लेड ही सबसे बेहतरीन है, सुशील के भी जुमले सुनते-सुनते, उन लोगों ने भी विश्वास कर लिया कि उसकी बातें बिल्कुल सच हैं।

एकमात्र रेवा, सुशील की छोटी बहन ने ही उसे आगाह किया था, 'दादा के हाथ से तुम अपना बचाव नहीं कर सकतीं, पूवाली, तुम्हारा मोल बहुत ज़्यादा है, खूब सारे लेन-देन के बाद भी तुम्हारा मोल कम नहीं होगा! कुछ न कुछ बचा रहेगा और दादा को कीमती चीज़ों पर हद से ज़्यादा लोभ है।'

थोड़ा ठहरकर, उसने लंबी उसांस भरकर बातों का सिलमिला आगे बढ़ाया, 'चलो, हम लोगों का तो कुछ नहीं बना; दादा नी हम लोगों पर छोटी बहन और मां की जिम्मेदारी लादकर, खिसक लिए, इसलिए हम दोनों बहनों को नौकरी करनी पड़ी। लेकिन तुम? तुमने क्यों अपने को तबाह होने दिया? अपना कैरियर क्यों नहीं बनाया? ऑफिस की तरह से तुम्हें सोशल साइंस और मार्केट रिसर्च पढ़ाने की पहल की गई थी। पढ़कर अगर पास कर जातीं, तो कहां से कहां पहुंच सकती थीं।'

किसी वक़्त पूवाली को भी यही लगता था। लेकिन सुशील के लिए चांद उतार लाने की धुन में दौड़ते-दौड़ते, अपने लिए कोई उद्यम करने की, उसमें ज़रा भी ताकत नहीं बची।

इसीलिए उस दिन पूवाली रो पड़ी थी। उसे अहसास होता रहा, ज़िन्दगी बेहद अफरातफरी में, व्यर्थ ही ख़र्च हो गई। अब किसी नई ज़िन्दगी की शुरुआत करने में, उसे कोई दिलचस्पी नहीं थी। सुशील के जीवन-दर्शन में उच्चाशा और महत्वाकांक्षाओं के पीछे दौड़ते-भागते रहने के अलावा और किसी बात के लिए कोई जगह नहीं थी। पूवाली यह भी समझ गई थी कि इस ज़िन्दगी में वह सुशील को नहीं छोड़ सकेगी, वह न भी चाहे तो भी सुशील उसकी ज़िन्दगी से चिपका रहेगा।

अब जाकर उसे पता चला, उसकी रुलाई ने अलक्ष्य में रहकर सत्येश को धीरे से उसकी तरफ़ मोड़ दिया था।

'पूवाली तुम बताओगी नहीं, उस दिन तुम रो क्यों रही थी?'

'बताऊंगी।'

सारा कुछ बताने, सब कुछ क़बूल करने की तीखी चाह, भयंकर ज़ोर से पूवाली को खींचने लगी। उनके प्यार में किसी तरह की अपवित्रता, कोई हीनता नहीं थी।

'तुम्हें प्यार करके, मैं जी गई, सत्येश!'

पूवाली मन ही मन ईषत् विस्मित हो उठी। यह बात उसने सत्येश से पहले क्यों नहीं कही?

'हां, अगर मैं चाहती, तो तुम्हें शायद अपने और क़रीब खींच लेती...'

'हां, तुम खींच सकती थी, पूवाली, तुम्हें नितान्त अपने की तरह पाने के लिए, मैं सब कुछ कर सकता था।'

अब, पूवाली कभी जान भी नहीं पाएगी कि उसका चेहरा, आज से सत्येश का नित्य-संगी बना रहेगा। वह उसे अब कभी भूल नहीं पाएगा। वैसे वह बेहद मामूली-सा इन्सान है, किसी बैंक का क्लर्क मात्र! जमानत देकर, उसके बापू ने ही उसे यह नौकरी दिलाई थी। बेहद हल्के-फुल्के, मामूली सुख-दुख में भी उसे बेहद चैन था। उसके बैंक ने जब उसे प्रतापगढ़ ट्रांसफर कर दिया, वह विस्मय-विमुग्ध हो उठा था।

ख़ैर, अब तो ढेर-ढेर बातें, पूवाली को बताई नहीं जा सकेंगी।

यहां आकर, जब पूवाली से दूसरी बार भेंट हुई, तो वह किस क़दर ताज़्जुब में पड़ गया था।

'आप यहां?'

'हां, मैं भी आने लगी हूं।'

'इस बार क्या दो-एक दिन रुकेंगी?'

'इच्छा तो यही है!'

'बनारस आई थीं?'

'हां, मेरे दफ़्तर का काम भी होता है वहां–' पूवाली ने झूठ जड़ दिया।

'...........' सत्येश सुनता रहा।

'वहां मेरी एक मौसी रहती हैं।'

'इसीलिए, आप भी यहां चक्कर लगा जाते हैं?'

'हां, बनारस से, ज़रा-सा ही वक़्त तो लगता है! बीच में सिर्फ़ मिर्ज़ापुर पड़ता है।'

'हां, इच्छा तो यही है।'

'वैसे, यहां देखने को कुछ भी नहीं है, सिर्फ़ यह संगम भर है।'

'आप अस्पताल नहीं जाएंगे?'

'वहां हो आया हूं!' सत्येश ने सिर हिलाते हुए बताया, 'वह मुझे पहचान ही नहीं पाई।'

सत्येश के चेहरे पर आशाभंग की छाया घनी होकर चिपकी हुई थी। उसके चेहरे की तरफ़ देखते हुए, पूवाली दर्द से भर उठी।

'आज आप मुझे सैर कराने ले चलेंगे?'

'हां, ज़रूर!'

'चलिए, निकल पड़ें–'

'चलिए! लेकिन सबसे पहले संगम देख लें।'

फोर्ट से सटे हुए रास्ते से पूवाली एक दौड़ में नीचे उतर गई। नाव पर सवार होकर, वह नहा भी आई। उसके बाद, जहां गंगा और जमुना का श्वेत-श्याम, श्याम-श्वेत जल एकमेव होकर, लहरें ले-लेकर, एक-दूसरे में समाता जा रहा था; जापानी शैली में आंके गए मेघ-पुंजों की तस्वीर की तरह, रेखाओं में आंकी गई धार की तरफ़ नज़रें गड़ाए हुए, पूवाली ने कहा, 'ग़ज़ब सुन्दर है!'

सत्येश ने अवाक् निगाहों से उसकी तरफ़ देखा।

'बेहद ख़ूबसूरत है।' पूवाली ने दुबारा तारीफ़ की।

'क्या?'

'यह अचीन्हीं जगह! यह फोर्ट! अशोक स्तंभ! रेतीली तट! नदी का जल—सब कुछ बेहद ख़ूबसूरत है।'

'आप क्या कविता लिखती हैं?'

'नहीं, नहीं, बड़े-बड़े हिसाब लगाता हूं।'

'आपने तारीफ़ की, तो मुझे भी लग रहा है, सब कुछ बेहद ख़ूबसूरत है। वैसे हर वक़्त मीरा के ख़्यालों में इस क़दर डूबा रहता हूं, कि मेरा मन जाने कहां तो खोया रहता है! किसी चीज़ पर नज़र भी नहीं पड़ती।'

पूवाली के चेहरे पर हल्की-हल्की मुस्कान झलक उठी। पूवाली की साड़ी की पर्तों में, बालों की वेणी में, बैठने की भंगिमा में उदासी, थकान और ढह जाने का भाव! अकेली! वह निचाट अकेली नज़र आ रही थी।

'सबसे ज़्यादा सुन्दर क्या है, पता है?'

'क्या?'

'यह फुर्सत...! आराम! कोई मुझे नहीं पहचानता, मैं भी किसी को नहीं पहचानता—इस बात का आराम! मुझे इस अकेलेपन की बेहद ज़रूरत थी।'

पूवाली धूप से बचाव के लिए आंखों पर आड़ किए बैठी हुई थी।

वह एकाध वाक्य बुदबुदाती और फिर खामोश हो जाती थी। सत्येश को बार-बार अहसास होता रहा, उसके अन्दर जाने कहां तो दुःख का तजुर्बा जमा है। ढेर-ढेर रुलाई जमा है।

'संगम में नहाते वक़्त, आपने क्या मांगा? यहां नहाते वक़्त, कुछ मांगा जाता है, मालूम है आपको? इस त्रिवेणी संगम पर आकर, जो कुछ भी व्यक्ति, जो कुछ भी मांगता है, उसे ज़रूर मिलता है।

'मांगा तो है।' पूवाली के होठों पर स्निग्ध हंसी छलक उठी,

'आपकी पत्नी के आरोग्य की मांग की—'

वे दोनों साइकिल रिक्शा लेकर, अल्फ्रेड पार्क और खुसरुबाग की सैर करते रहे।

अचानक सत्येश ने कहा, 'यहां देखने लायक कुछ भी नहीं है।'

उस दिन होटल वापस लौट आने के बाद, सत्येश अचानक मीरा के बारे में, प्रतापगढ़ में स्थित अपने क्वार्टर के बारे में बताने लगा। काफ़ी दिनों से उसने अपने को जबरन रोके रखा था, अजीबोग़रीब चिन्ता-फिक्र उसका पीछा किया करती थी। उसे लगता रहा, जैसे वह किसी आधे-अंधेरे जन्तर-मन्तर क़िस्म के भूलभूलैया में आ पड़ा है और भटकता फिर रहा है।

बातें करते-करते, उसने चेहरा उठाकर सवाल किया, 'आपसे मैं इतनी बातें क्यों कर रहा हूं, बताइए तो?'

'बातें कर रहे हैं, तो क्या हुआ?' मुझे बिल्कुल बुरा नहीं लग रहा है।'

आज ऐसी अशांत रात में, यूं आमने-सामने बैठे-बैठे, पूवाली को पिछली सारी बातें याद आती रहीं। होटल स्टेशन के बिल्कुल क़रीब, फिर भी एक भी ट्रेन की आवाज़, कानों तक नहीं पहुंच रही थी। गेहूं का गोदाम लूटने से गोलमाल शुरू हुआ और छात्र-आक्रोश तक जा पहुंचा। उसके बाद धीरे-धीरे चारों तरफ़ फैल गया। शांति बाबू मिर्ज़ापुर में ही अटके रहे और बजू कहां गया, इसका कोई अता-पता नहीं था।

सत्येश ने कहा, 'इससे पहले, हम लोग इतने क़रीब, इतनी देर तक कभी नहीं बैठे।'

'मीरा का मैंने किसी दिन भी सम्मान नहीं किया, वर्ना....' पूवाली ने यह वाक्य अधूरा ही छोड़ दिया।

आज ये बातें कहने-सुनने से कोई फ़ायदा नहीं, फिर भी कहने-सुनने की तीखी चाह जाग उठी थी।

'मेरे लिए मीरा का सवाल, हर पल, सर्वोपरि नहीं था, पूवाली।'

'सर्वोपरि नहीं था?'

'ना–'

सत्येश ने ज़रा सामने की तरफ़ झुककर कहा, 'मैंने कभी भी विश्वास नहीं किया कि इस तरह क़रीब पाने का मतलब क़रीब पाना होता है।'

'सत्येश, यह तुम क्या कह रहे हो?'

'मैं सच कह रहा हूं!' सत्येश के दिमाग़ की नसें मानो फटने लगीं। ताज्जुब है! इतनी देर बाद यह समझ में आया कि सिर-दर्द से दिमाग़ फट रहा है?

'आज तुमसे झूठ बोलने से कोई फ़ायदा नहीं है, पूवाली! हर वक़्त मेरा मन करता था, तुम्हारा हाथ थाम लूं। पिछली दफा, जब हम खुसरुबाग़ गए थे, तब कई- कई बार मेरे मन में साध जागी कि तुम्हारी गोद में सिर रखकर, कुछ देर लेटा रहूं।'

इस वक़्त पूवाली को लगा, सबकुछ फिजूल ख़र्च हो गया! विराट बर्बादी! बहुत सारे पल फिजूल बर्बाद हो गए।

'लेकिन मैंने तुम्हें कभी इसका अहसास तक नहीं होने दिया–' सत्येश की आवाज़ में गर्व भर उठा।

उसने अपनी उजली-धुली, हंसती हुई आंखें पूवाली के चेहरे पर टिका दीं।

उसने ज़रा झुककर दुबारा कहा, 'हालांकि मुझे तकलीफ़ बहुत हुई।'

पूवाली को सब कुछ बेहद निरर्थक लग रहा था। उनकी कोशिशें। इस क़दर प्यार! फिर भी अपनें-अपने को यूं हटाए रखना, सारा कुछ निरर्थक था! लेकिन ऐसी बातें वह क्यों सोच रही है? वह भला निरर्थक क्यों होने लगी?

मीरा तो हमेशा ही मौजूद थी। मीरा की उपस्थिति अब

धीरे-धीरे, हर पल महसूस की जा रही है। सत्येश की पत्नी-मीरा!

'तुमने भी मेरी बेतरह-मदद की है, पूवाली! तुमने किसी दिन भी नहीं कहा...'

'नहीं, अगर तुम मुझे प्यार करने के लिए, मीरा को त्याग देते, तो तुम और मैं, एक-दूसरे को बिल्कुल बर्दाश्त नहीं कर पाते।'

सत्येश को भी इस बात का अहसास था। प्रतापगढ़ में, वह प्लेटफॉर्म के किनारे-किनारे अक्सर ही टहलता फिरता था। पूवाली के लिए अगर मीरा को छोड़ दे, तो कोई, कुछ नहीं कहेगा। मीरा खुद भी, शायद उसे दोष नहीं दे पाएगी। हर कोई यही कहेगा कि सत्येश ने ठीक किया? बिल्कुल ठीक किया।

लेकिन सत्येश ऐसा हरगिज नहीं कर सकता। वह इतने नीचे कभी उतर ही नहीं सकता! नीचे उतरने की बात तो छोड़ो, वह इतना खुदगर्ज नहीं हो सकता। उसे अपने बापू के पुराने मालिक के बेटे, इस बैंक का अन्यतम डाइरेक्टर, रेलवे का बड़ा अफ़सर—मोहन अरोड़ा का ख़्याल आने लगा।

मोहन अरोड़ा को वह अच्छी तरह पहचानता था। अरोड़ा ने उसकी काफ़ी मदद भी की थी, खास कर बैंक की परीक्षा देते समय; मीरा की बीमारी के दौरान बार-बार एडवांस लेते वक़्त! मोहन अरोड़ा का चेहरा देखते ही, सत्येश जैसा लगता था, जैसे आर्य लोगों का वन्दनीय तरुण सूर्यदेवता हो!

उसका मलयाली सहकर्मी, एस आर स्वामी, कहा करता था, 'येस, ही लुक्स लाइक ए गॉड ऑलराइट! हां, सच ही, वह देवता जैसा लगता है।'

बाइस साल की उम्र में ही मोहन अरोड़ा का ब्याह हो चुका था। वह अपनी बीवी को साथ-साथ लिए, बैंक ब्रांचों में घूमता रहता था।

'टू लव-बर्ड्स, हुंहः!' स्वामी असंतुष्ट होकर कहता था, 'जस्ट लाइक यू! बिल्कुल तुम्हारी तरह!'

स्वामी यह भी कहता था कि बीवी को प्यार करना, बेहद पवित्र मामला है! इस बारे में, विज्ञापन देने जैसा कुछ भी नहीं है!

नीलम अरोड़ा की नुकीली, सुतवां नाक! तेल-चुपड़े बालों की वेणी! उसे साटिन की किनारेदार, रंगीन साड़ी में देखकर, प्रतापगढ़, शाखा के लोग-बाग़, लाख कोशिशों के बाद भी यह बात उनके समझ से बाहर थी कि मोहन के डैडी, उस औरत को, मोहन की बगल में खड़ी कैसे कर पाए।

अचानक खुसरूबाग़ में उससे भेंट हो गई!

पूवाली और सत्येश, दोनों ही चुपचाप अगल-बगल चलते जा रहे थे। मीरा के लौट आने का वक़्त आ पहुंचा था।

पूवाली ने बेहद धीमी आवाज़ में कहा, 'सुनो तुम्हारी या मीरा की अगर कोई महिला रिश्तेदार हों, ऐसे वक़्त, उन्हें प्रतापगढ़ बुला लो। मीरा को अभी भी थोड़ी-बहुत सेवा-टहल की ज़रूरत होगी और तुम भी उसे अकेले छोड़कर बैंक जाते हुए, परेशान नहीं होंगे।'

'ठीक है, बुला लूंगा।' सत्येश ने भी धीमे लहजे में जवाब दिया।

वे दोनों पैदल-पैदल आगे बढ़ते रहे! हेमन्त के वाताश में पेड़ों के पत्ते गोल-गोल घूमते-लहराते हुए! कुएं की पनचक्की भी चक्कर लगाती हुई! बाग़-बगीचों के माली, नालों में पानी ढलकाते हुए!

'जानती हो, यह कुआं चार-पांच सौ वर्ष पुराना है?'

ऐसा लगा, सत्येश की बातें टूटे-झरे पत्ते की तरह खुसरूबाग़ के पत्थर की टाली जड़ी, पक्के रास्ते से लुढ़कते-पुढ़कते दूर जा पड़ी। उसके बाद, लाख तलाश करने पर भी, दोनों को ही कहने-सुनने को एकाध वाक्य भी हाथ नहीं आया। क्योंकि पांच सौ साल पुरानी समाधि के मुक़ाबले, उन दोनों का प्यार कहीं ज़्यादा पुराना था। असन्न वेदना उस वक़्त सर्वव्यापी हो उठी थी। दोनों में से किसी एक ने भी उस विच्छेद में बाधा देने की कोशिश नहीं की; जो होने जा रहा था, उसे रोकने की भी कोई पहल नहीं की।

पूवाली एकदम से ठिठक गई।

जाने कैसी असहाय आवाज़ में उसने कहा, 'देखो, जिस जगह हम दोनों का नाम लिखा था, इस वक़्त कहीं नहीं मिल रहा है। वे नाम, कहां गए, बताओ तो?'

ग्वालियर ग्रेनाइट का एक पुरानी-धुरानी, बदशक्ल चहारदीवारी की तरफ़ नज़रें गड़ाए-गड़ाए, पूवाली का चेहरा अवसाद से भर उठा।

'बारिश...!' किसी झंझलाए हुए माली ने अपनी खरखरी आवाज़ में उन दोनों को लौट जाने की सलाह दी...' भद्‌दर बारिश...

इसके बाद, उसकी आवाज़ सुनाई नहीं दी। उसके बाद, वह पत्ते बुहारता रहा! झरझर! सरसर की आवाज़! ऐसे नज़ारे, उसने बहुत ही देखें हैं। यहां आनेवाले टूरिस्ट अपना-अपना नाम लिख जाते हैं, वह नाम बरसात के पानी में धुल-पुंछ जाता है और टूरिस्ट जब अपना नाम दुबारा खोजते हैं और उन्हें अपना नाम नहीं मिलता, तो वे अवाक् रह जाते हैं!

पूवाली गर्दन हिलाते हुए, दुबारा चल पड़ी। पत्ते झरते रहे! झरते रहे! सत्येश सोचता रहा, जो उसे सिर्फ़ राह का परिचय भर लगा था, अब वह प्यार तक क्यों पहुंच गया? उसकी उम्र अड़तीस साल! अकिंचितकर जीवन! पूवाली के बारे में भला वह जानता ही क्या है? लेकिन इस प्यार की ज़रूरत ही क्या थी?

पूवाली रो रही थी।

'आंसू पोंछ लो, पूवाली!' सत्येश ने रुमाल आगे बढ़ा दिया।

हे भगवान! हे भगवान! वह मन ही मन बुदबुदाया। आजकल वह ऐसा अक्सर ही बोलता रहता है। उसकी जुबान से भगवान का नाम सुनकर, पूवाली कभी नाराज़ हो जाती, कभी ख़ामोश रह जाती।

अभी उसी दिन फोर्ट में अशोक स्तंभ देखते-देखते उसने कहा, 'सभी लोग कहते हैं, हर बात में भगवान का हाथ होता है। मेरी-तुम्हारी भेंट क़राने में भी, मुमकिन है, उनका कोई उद्देश्य रहा हो।'

संगम पर तैरती हुई नाव पर बैठे-बैठे उसने कहा, 'पता है, मेरा यह जानने का बेहद मन करता है...'

'क्या जानने को, पूवाली?'

'ऐसा क्यों हुआ?'

उस वक़्त भी सत्येश के मन में चाह जागी थीं; खुसरूबाग़ की सड़क पर पैदल-पैदल चलते हुए भी उसका बेतरह मन हुआ था कि वह टुप्प से उसे अपने सीने से लगा ले, पेड़ में उभरे फोकर में उतरकर, कहीं फुर्र हो जाए या खूब-खूब प्यार करके उसे सुला दे! हां, इस पतझर के मौसम में उसे प्यार की नींद सुला दें।

इसके अलावा, प्रतापगढ़ में, दिन हो या रात, ट्रेन की आवाज़ सुनते ही, सत्येश की छाती दहल जाती है। स्टेशन पर ही पूवाली से पहली मुलाक़ात। ट्रेन से या तो पूवाली उतरती है या वह खुद! अब इसी ट्रेन से ही पूवाली वापस लौट जाएगी।

सत्येश को अक्सर ही लगा है, पूवाली को वह फिर भी जान नहीं सका; वक़्त ही नहीं मिला। दो विपरीत दिशाओं से ट्रेन आई, सिगनल न पाकर, कुछ देर के लिए रुकी रही। खिड़की की राह जान-पहचान। सिगनल मिलते ही, दोनों ट्रेनें अपनी-अपनी राह चली गईं।

उन दोनों के प्यार में यह राह-चलते परिचय का अन्दाज़ा! राह की जान-पहचान की अवास्तविकता!—यह सब तो बचा ही रह गया। पूवाली फिर भी कमसिन है। मुमकिन है, वह किसी न किसी दिन, किसी निश्चित ठिकाने पर पहुंच जाए। लेकिन सत्येश? उसकी तो जितनी उम्र नहीं हुई, उससे बहुत ज़्यादा वह थक चुका है।

हां, सत्येश सेन, बेतरह थक चुका है! मुलतान बैंक के प्रतापगढ़, यूपी शाखा में उसे क्लर्कशिप से तरक्की मिली है। उम्र अड़तीस साल! चेहरा मामूली! बचपन में पारा-टाइफायड हुआ था; इक्कीस की उम्र में वसन्त; बत्तीस की उम्र में एपेंडिसाइटिज़ ऑपरेशन! तलपेट में बिच्छू के निशान जैसा नन्हें-से दाग के लिए,

सत्येश ने कभी साढ़े-तीन सौ रुपए ख़र्च कर डाले थे, उस बात के लिए अभी तक वह अक्सर दुःखी हो जाता है, क्योंकि इसके बाद ही मीरा की बीमारी के समय, भगवान ने उसे जता दिया कि अपने अकेले कलोसिम में बैठे-बैठे, वे कुछेक लोगों के साथ कैसे-कैसे खेल खेलते रहते हैं। वे माराथन दौड़ में उतार तो देते हैं और फिर कभी रुकने का आदेश नहीं देते।

मीरा के लिए छुट्टी लेने के बारे में कलकत्ते में भाग-दौड़! डॉक्टर-दवा का ख़र्च; अस्पताल का ख़र्च! वह बेभाव थकने लगा! कर्ज़ पर कर्ज़! वह तो प्रतापगढ़ काफ़ी सस्ती-पस्ती जगह है, इसीलिए सत्येश इतनी दूर तक चला पाया। भाग-दौड़, मीरा की मां के टोने-टोटके, ताबीज़, बार-बार ताबड़तोड़ चिट्ठियां! नए-नए उपदेश! नई-नई सलाह! हर बात सुनते-सुनते, मानते-मानते सत्येश और ज़्यादा थक गया! लेकिन उसकी यह अंधाधुंध दौड़, शायद किसी दिन भी नहीं रुकेगी।

उस दिन खुसरूपुर की सड़क पर चलते-चलते, सत्येश के दिमाग़ के अन्दर, दोनों तरफ़ से दौड़कर आती हुई दो-दो ट्रेनों की घरघराहट गूंज उठी थी। वह मुग्धभाव से वह गूंज सुनता रहा।

अचानक सामने से किसी ने आवाज़ दी, 'हलो, से-इ-न!'

मोहन अरोड़ा! बगल में छंटे-बालोंवाली, सरल मुखश्री में दमकती हुई, सुन्दरी तरुणी!

मोहन अरोड़ा के चेहरे पर उम्र की छाप! परिवर्तन की सलवटें।

'मीट, मिसेज अरोड़ा! मेरी श्रीमती से मिला!'

सत्येश की आंखों में विस्मय और प्रश्न!

'बट शी इज़ नॉट नीलम!' सत्येश का चेहरा निर्वाक! जुबान पर सवाल!

मोहन की आंखों में भी व्यंग्य भर उठा और जुबान पर जवाब

लहराया' शी इज़ नॉट मीरा!'

किसी की जुबान पर कोई बात नहीं।

'डार्लिंग, यू वे वेट! यहां रुको!'

सत्येश के कंधे पर हाथ रखो-रखे, मोहन उसे दो क़दम आगे ले आया। किसी- किसी का कहना था, ये अमेरिका में सीखी हुई दोस्ती के लटके-झटके थे। जैसे फोर्ड साहब अपने कारख़ाने के मजदूरों को नाम लेकर पुकारते थे, गाली-गलौज करते थे।

सत्येश बखूबी जानता था कि मोहन एक तरफ़, अमीर, शिक्षा-दीक्षा में प्रचंड साहब, ऊपर से बेतरह गंवार था, तो क्या हुआ? अन्दर से वह अतिशय सीधा-सादा था। उसे वह अच्छा लगता था! इसीलिए वह सत्येश से मेलजोल रखता था।

अपने बारे में, ये सब अफ़वाहें अगर उसके कानों में पड़तीं, तो वह कहता, 'मुझे अच्छा लगता है, इसीलिए तो सेन के साथ मिलता-जुलता हूं। हेनरी फोर्ड अपने कर्मचारियों को क्या कहकर बुलाता था, उससे इस बात का क्या संबंध? ब्वाई ड्रैग इज बिग नेमूस? बड़े-बड़े नाम घसीटने की क्या ज़रूरत है?'

सत्येश को खुसरूबाग़ की परली तरफ़ ले जाकर, मोहन धाराप्रवाह बोलने लगा, मानो मोहन अरोड़ा कोई रिपोर्ट दे रहा हो। उसकी आवाज़ इस कदर निस्पृह हो आई।

'नीलम को मैंने छोड़ दिया–'

'ओ!'

'उसके बाल-बच्चे होने की कोई संभावना नहीं थी। उस पर से उसे टी बी हो गई। आइ मेट कम्पो! माइ वाइफ! वैसे कुछ दिनों पहले, नीलम का इन्तकाल भी हो गया। से-इ-न, डू यू ब्लेम मी? इसका दोष क्या तुम मुझे दोगे?'

'ना! मोहन के मुंह से एक भभका निकला और सत्येश की नाक से जा टकराया।

इसीलिए उससे भेंट होते ही, मोहन इस दिलखुश अन्दाज़ में मिला? लेकिन, मोहन को तो पहले कभी इस क़िस्म की आदत नहीं थी!

'शाम को आ जाना! मेरी ट्रेन कल है।'

'कहां जाओगे?'

'दिल्ली! मेरी वैगन, साइडिंग में ही खड़ी रहती है, तुम जानते हो!'

'येस'

मोहन अरोड़ा की बातचीत में, ज़ोर-जबर्दस्ती दोस्ती ज़माने की कोशिश, सत्येश को साफ़-साफ़ नज़र आई। यह तो नाटक है। सत्येश से उसकी दोस्ती जितनी नहीं थी, उसे बढ़ा-बढ़ाकर जताने की कोशिश! यह बस देखकर, सत्येश को लगा, मोहन शायद अब अपने को बर्दाश्त नहीं कर पा रहा है। इसीलिए यूं अललूटप्प आ धमका और अब दोस्ती पटाने की कोशिश कर रहा है; उसे किसी हमदर्द की तलाश है! वह आंतकित हो उठा। वह भी क्या कुछेक दिनों बाद, मोहन की तरह भागता फिरेगा?

लेकिन उस दिन, रात के वक़्त उसने देखा, स्टेशन की बगल की साइडिंग में उसकी वैगन खड़ी थी। रोशनी से जगमगाती हुई, सजी-सजायी गाड़ी! गद्देदार बिछावन, कुर्सी—सब कुछ मौजूद है उसमें। बीच में गोल मेज़, गोल मेज़ की एक तरफ़ मोहन अरोड़ा, इसी तरफ़ कम्मो अरोड़ा! कम्मो अरोड़ा के चेहरे पर तिलमात्र भी मेकअप नहीं था। फिर भी फैशन पत्रिका के मुखपृष्ठ होने लायक उसका चेहरा! बाल!

कम्मो का चेहरा सूना-सूना, थका-थका और दुखी-दुखी! मुमकिन है व किसी पिछड़े हुए कन्वेंट में पढ़ रही थी, टुप्पू से ब्याह कर लिया। चेहरे-मोहरे पर भली-कुशाग्र छात्रा जैसी सरलता! उसकी दोनों हथेलियां बेहद सब्र के साथ उसकी गोद में सिमटी हुईं।

कम्मो इन्तज़ार कर रही थी, नीलम वुड नेवर बी ए मदर! कम्मो इन्तज़ार कर रही थी, एंड शी सफर्ड फ्रॅम बोन टी बी! कम्मो

इन्तज़ार कर रही थी, नन ब्लेमूस मी एंड देयर हॉट हार्ट्स! मोहन की ईषत् भारी, मगर स्पष्ट आवाज़ में एक और रिपोर्ट सुनाई पड़ी।

बेचारा मोहन! वह अपना अतीत भूल नहीं पाया था। अतीत को साथ-साथ लिए हुए, कोई नया वर्तमान गढ़ने की कोशिश में, अपने विवेक की मार सहते हुए, वह दुःख झेल रहा था।

जो लोग भूल नहीं पाते, दुःख वही झेलते हैं। सत्येश शिथिल क़दमों से शांति बाबू के होटल में लौट आया। वह मोहन के यहां नहीं गया।

अब उसने धीमी आवाज में कहा, 'पूवाली, मैं तुम्हारा सम्मान करता हूं।'

लेकिन पूवाली? जितनी देर वह मोहन अरोड़ा के बारे में सोचती रही, उतनी ही देर वह सब कुछ क़बूल करने के लिए भी तैयार हो गई, यहां तक कि सब कुछ कहने के लिए भी उतावली हो उठी।

'सुनो, हमारे पास बहुत ज़्यादा वक़्त नहीं है। आज मैं तुम्हें बताना चाहती हूं कि मैं यहां क्यों आई थी।'

'तुमने तो बताया है, अपनी किसी सहेली के यहां आई हो।'

'हां, मगर क्यों आई थी?'

पूवाली ज़रा झुक आई, 'सुशील के चंगुल से भाग आई थी। सुशील मुझे एक बार नहीं, बार-बार बेचता रहा। बार्टर सिस्टम! मुझे सामने रखकर, अपना सुख, संयोग और सुविधाएं ख़रीदता रहा। अचानक एक दिन मैंने देखा, मेरा बिल्कुल कोई मोल नहीं है। सब मुझसे नफ़रत करते हैं। मुझे खुद ही अपने से नफ़रत हो आई, सत्येश!'

सत्येश का चेहरा विस्मित! आहत!

'यह तुम क्या कह रही हो, पूवाली?'

'नहीं, नहीं, तुम डरो मत। अपने बेचे जाने का मतलब था...नहीं, सत्येश, मेरा यह मतलब नहीं था—'

'बदतमीजी मत करो, पूवाली!'

'आइ अपोलोजाइज़ फॉर बीइंग वल्गर? मेरे अश्लील वाक्यों के लिए मुझे माफ़ करना, सत्येश, मगर वेश्यावृत्ति कई तरीके की होती है।'

पूवाली ने नज़रें उठाकर सत्येश की तरफ़ देखा!

इतने दिनों बाद, अब जाकर सत्येश को नज़र आया, पूवाली की आंखों में खौफ़, हताशा, दुःख! उसे छोड़कर अब जाना होगा, इस बात का भयंकर दुःख!

'मेरा नाम है-पूवाली मल्लिक! गणित की छात्रा! गणित मुझे बेहद पसंद! रॉजर्स एंड रॉजर्स और सरकार के एडूकेशन ब्यूरो में एक साथ, नौकरी का ऑफ़र मिला। रॉजर्स ऐंड रॉजर्स ने कहा, वह मुझे मार्केट रिसर्च करने देगा। काम करने के लोभ में, मैं राजी हो गई।'

पूवाली की चमकती हुई आंखें ऊपर उठीं और सत्येश के चेहरे पर ठहर गईं। जैसे कोई छोटी बच्ची अपने मां-बाप के दोस्तों के सामने खड़े-खड़े 'व्हाट इज़ लाइफ़ फुल ऑफ केयर...' या 'आनन्दमयी के आगमन पर...' आवृत्ति करती है, बेहद उत्साह से इनाम में मिली किताबें दिखाती है...पूवाली उसी तरह चहक उठी।

उसने उत्साह से उमड़कर कहा, 'इस वजह से मेरा खूब सुनाम हुआ, मालूम? इसलिए मैं भी खुश! हमारे पी आर ओ ने राय दी, गणित में वाकई मेरा दिमाग़ काफ़ी चलता है। तुम अगर सी ए और सोशल स्टड़ी पढ़ो और पास हो जाओ, तो हम तुम्हें अपने अफ़सरों के 'पूल' में शामिल कर सकते हैं।'

'उससे तुम्हारी खूब तरक्की होती?'

'ओ येस! इसके अलावा काम मेरे लिए नशा बन गया। काम करना मुझे बेहद अच्छा लगता था। लेकिन पांच साल पहले,

अचानक सुशील आ पहुंचा और उसने आकर कहा, वह मुझे प्यार करता है। शुरू-शुरू में मैंने उस तरफ ध्यान नहीं दिया। लेकिन, अचानक मुझे अहसास हुआ कि उसकी बातें मैं उड़ा नहीं पा रही हूं...बिल्कुल नज़रअन्दाज़ नहीं कर पा रही हूं, क्योंकि सुशील बात-बात में मुझे वास्ता देने लगा, अगर मैं उसे नहीं मिली, तो वह खुदकुशी कर लेगा। वह मेरे दफ़्तर में आकर, ख़ासा सीन मचा देता था। आख़िरकार, मेरे अनजाने में ही उसने अपने तमाम नाते-रिश्तेदारों में यह ख़बर फैला दी कि, किसी दिन हम विवाह कर लेंगे। अब समझ में आया है कि उसने मुझे जाल में फंसाने के लिए ही इतनी जोड़-तोड़ की थी।'

'उस वक़्त तुम्हें समझ में नहीं आया?'

'नहीं, मैं बेहद मासूम थी–'

'वह हज़रत क्या तुम्हारे ही दफ़्तर में काम करते थे?'

'न्ना! नौकरी छोड़ने में ही वह ज़्यादा माहिर था। हालांकि इन दिनों उसने बंगाल टोबैको ज्वायन किया है। लेकिन, वह तो अभी हाल में! फैशन की नौकरी!

सत्येश ईषत् हंस पड़ा, 'नौकरी नौकरी में, कहीं, कोई फैशन-पक्ष भी होता है, यह बात मैं नहीं जानता पूवाली!'

'तुमने बांग्लादेश कितने सालों पहले छोड़ा?'

'क़रीब छः-सात पहले!

'यानी इस दौरान, लम्बे अर्से तक, वहां कभी नहीं रहे?'

'ना! वहां रहने लायक, मेरे लिए कोई ख़ास जगह नहीं हैं, पूवाली! कहने को बड़े भाई हैं, बहने हैं, सब मुझे शायद प्यार भी करते हैं लेकिन वहां रहने के लिए कोई जगह हो, ऐसा सच ही नहीं है। मीरा के मां-बाप के यहां जाकर तो मैं रह नहीं सकता। हालांकि वे लोग आने के लिए बेहद अनुनय-विनय करते हैं, लेकिन फिर भी...जहां उनकी बेटी न हो, वहां दामाद का जा धमकना, किसे

भला लगेगा, बताओ?'

'इसीलिए तुम्हें बहुत सारी चीज़ें नज़र नहीं आतीं। आजकल कलकत्ते में, बड़ी तेज़ी से माइनॉरिटी का एक वर्ग सिर उठा रहा है। वे लोग फैशन की नौकरी करते हैं; कीमती से कीमती दामों में चीज़ें खरीदतें हैं, चार-पांच सौ रुपए किराए के फ्लैट में अनायास रहते हैं! नौकरी पकड़ते हैं, छोड़ते रहते हैं।'

'मैं ऐसे लोगों को नहीं पहचानती, सत्येश।'

'दे आर ऑलवेज़ इन फैशन! ऐसे लोग, जब नौकरी छोड़ते हैं, जब किताबें ख़रीदते हैं, फिल्में देखते हैं, उस वक़्त कैमरा उन्हीं पर रहता है! ऐसे लोग जब बेवजह नौकरी छोड़ देते हैं, बाप या भाई की गर्दन पर पांव रखकर, फुटपाथों पर दौड़ते फिरते हैं, दारूबाज़ी करके सीन करते हैं और अपने दुःख और दरिद्रता का डंका पीटते फिरते हैं, उस वक़्त भी कैमरा उन्हीं लोगों पर टिका होता है।'

'................'

'ऐसे लोग ज़िन्दगी का शॉर्ट-कट खोज निकालते हैं। वे लोग कैमरे की आंखें, पत्रकारों की कलम, अख़बारों के दफ़्तर अपने लिए खुला रखते हैं। मैं भी उन लोगों को नहीं पहचानता था, क्योंकि लोगों की नज़रों की ओट में, हर रोज़, लाखों-लाख आम इन्सान; अनगिनत ईमानदार-साच्चे लोग, अनगिनत प्रतिभावान, मेधावी, मेहनती लोग, जी-तोड़ मेहनत करने के बावजूद, एकाध मामूली-सी नौकरी ही उनको कभी नसीब होती है, कभी नहीं—मैं ऐसे लोगों को पहचानता हूं। ये आम इन्सान, ज़िन्दगी का शॉर्टकट नहीं जानते; वे लोग 'इन फैशन' रहने के अभ्यस्त नहीं होते, मैं उनको पहचानता हूं।'

'बहरहाल, सब कुछ जानते हुए भी मैं सुशील को पहचान नहीं सकी।

सुशील कहा करता था, 'जैसे हर चीज़ की क़ीमत होती है, उसी

तरह हर इंसान की भी क़ीमत होती है।' उसके बाद, अपने क्रू-कट बालों में हाथ फिराते हुए, विशाल, भारी गोलगाल चेहरे पर मोटे फ्रेम का चश्मा झलकाते हुए, अपनी रंगीन शर्ट टटोलकर सिगरेट निकालते हुए, ज़ोर का ठहाका लगाता था, 'यू आर ए मिलियन डॉलर लैस! बड़ी क़ीमती औरत हो, भई!'

वैसे सुशील किसी आसमान से उसके आंचल में नहीं आ गिरा। सुशील की बहन, रेवा, उसके कॉलेज ज़माने की सहपाठिन थी। आभा और रेवा, दोनों बहनें, सख़्त चेहरा लिए, पढ़ाई-लिखाई में जुटी रहती थीं।

वे कहा करती थीं, 'हमें नौकरी करनी ही होगी। मेरी मां है, उनके लिए।'

वे बताती थीं कि उसका बड़ा भाई, बिल्कुल जीनियस है। बस, इसके आगे वे कुछ भी नहीं कहती थीं, जुबान पर ताला जड़े बैठी रहती थीं।

सुशील जब बार-बार उससे विवाह की ज़िद करने लगा, तब पूवाली के पास ऐसा कोई बंदा नहीं था, जिससे वह सलाह-मशविरा कर सके। उसके दादा, दादी, मंझली'दी, भारत की अलग-अलग जगहों पर बंटी-बिखरी हुई थीं।

पूवाली को पहली बार अपने मां-बाप के न होने के दर्द का अहसास हुआ। हालांकि उसकी छोटी बुआ, मनीषा, चिल्ड्रेन्स आर्ट गैलरी की सेक्रेटरी और लाइब्रेरियन वगैरह ने कभी उसे मां-बाप की मोहताजी का अहसास नहीं होने दिया। कलकत्ता के एकमात्र हाउस-जर्नल की आंटी एम भी!

सिर्फ़ इतना ही नहीं कि उन्होंने उसके मां-बाप के अभाव को ही नहीं ढंका, मनीषा स्वभाव से ही ममतामयी, असम्भव स्नेहशीला थीं, जिन्हें देखते ही लड़के गद्‌गद् होकर कह सकते थे—आप मेरी मां

जैसी लगती हैं या बिल्कुल आपकी ही तरह मेरी एक मौसी थीं–'

बहरहाल, जो लड़के इस क़िस्म के वाक्य उछालते थे, मनीषा उन पर बेतरह अविश्वास करती थीं। पूवाली की दीदी, चैताली का कोई देवर, एक दिन अपना कोई, मतलब सिद्ध करने के लिए, उनके लिए काफ़ी देर तक 'मौसी-मौसी' का सम्बोधन करता रहा।

मनीषा झूला-कुर्सी में बैठी-बैठी हल्की-हल्की झूल रही थीं।

उस लड़के के चले जाने के बाद, उन्होंने पूवाली को बुलाकर कहा, 'यह लड़का अपना काम निकालने के लिए मुझे 'मौसी-मौसी' कर रहा था, फिर भी मैं कहूंगी, लड़का ख़ास बुरा नहीं है। स्वभाव का सरल है।'

उन दिनों पूवाली कुल सोलह साल की थी। चैताली का अभी-अभी हाल में ब्याह हुआ था। पूवाली को अभी भी अपनी दीदी के लिए खाली-खाली मलाई आती रहती थी। उसे अपने बहनोई पर बेभाव गुस्सा आता था। वह भी मनीषा की बातें सुनकर, एकदम से भड़क गई।

'सुनो, तुम उन लोगों के लिए कुछ मत करना! बहन को कलकत्ता के बोर्डिंग में भर्ती करा दें–ठेंगा! हुंहः'

मनीषा बच्चों की आंकी हुई तस्वीरों के लिए खुद ही सोचती थी और हमेशा खुद ही उनको कैप्शन देती थी। इस वक़्त भी वह मेज़ पर रखे, एक फ्रेम में मढ़ी, लाल-नीले-पीले रंगों का धमार को निरखते-परखते, उसके लिए कोई समुचित शीर्षक सोच रही थीं। 'पूजा की सुबह' नाम देकर, वे निश्चिन्त हो आईं। उन्होंने पूवाली की तरफ़ देखा।

मनीषा के मन की बहुमुखी रफ़्तार से उनके भतीजे-भतीजी बखूबी परिचित थे। पूवाली भी उनका मूड देखकर ज़रा भी चिन्तित नहीं हुई।

'ब्याह के समय तो अच्छा-ख़ासा कलकत्ते में ही काम करते

थे। जैसे ही ब्याह हुआ, जाने कहां के...सुदूर मानमाड में, नौकरी लेकर चल दिए। क्या ज़रूरत थी भला?'

'भई, ज़रूरत थी!'

मनीषा ने पूवाली के होमवर्क में सुधार किया।

उन्होंने लाल पेंसिल से आड़े-तिरछे अक्षर घसीटते हुए कहा, 'कलकत्ते में रहते, तो चैताली बालिग नहीं होती।'

'अरे वाह! पूवाली को लगा, मनीषा कहीं से बेहद निष्ठुर है। दीदी के बचपने, हर काम में उनके अनाड़ीपन को लेकर, उन्होंने पहले तो कभी यूं असन्तोष नहीं दिखाया।

'हर वक़्त...मुझे तंग करती रहती थी...' मनीषा ने अगला जुमला जोड़ा।

'बिल्कुल भी नहीं—'

'फिर तो तुम्हें...'

'हां, सो तो है।'

इस बार पूवाली कोई जवाब नहीं दे पाई। अतिरिक्त दायित्व-बोध, ज़्यादा-ज़्यादा कामकाजी औरत होने की असुविधा का पूवाली को बखूबी अन्दाज़ा था। चैताली का सारा काम पूवाली ही कर देती थी। यहां तक कि छोटी बुआ के हुक्म पर दोनों बहनों को खाना भी पकाना पड़ता था। उस वक़्त भी चैताली, पूवाली के आसरे-भरोसे पर ही निर्भर करती थी।

'अपनी दीदी का दिमाग़ तुम्हीं ने खराब किया है—' मनीषा ने चश्मे की दरार से देखते हुए कहा, 'वर्ना खाना पकाते-पकाते, चैताली बीच-बीच में आकर भला पूछती—बुआ, बैंगन तरी में डूब क्यों नहीं रहा है? बुआ, रोटी गोल कैसे बनती है?—यह सब तुम्हारे ही लाड़-प्यार का नतीजा था।'

पूवाली ने इन बातों का कोई जवाब नहीं दिया।

'इसके अलावा, पूस के पर्व पर, उतना सारा 'पीठा' पानी में

चढ़ा देने को कहा, चैताली महारानी, मीटसेफ पर कटोरी भर पानी में रख आई थीं, उसकी यह करतूत मैं आज तक भूली नहीं।'

मनीषा उस दिन की बात याद करके, मानो दुःखी हो आई। पूवाली और उन्होंने, काफ़ी तकलीफ़ झेलकर, बड़ी मेहनत से, उतना सारा 'पीठा' बनाया था।

'अभी भी तू अपनी दीदी के बारे में सोच रही है?'

'हां, तकलीफ़ हो रही है।'

'भूल जा! भूल जा! इन्सान हमेशा छोटा ही नहीं बना रह सकता। कभी न कभी उसे बड़ा होना ही होता है। तू भी अपनी दीदी को बड़ी होने दे।'

पूवाली उनकी तरफ़ एकटक देखती रही।

'हां, उसे बड़ी होने दे। गृहस्थी की जिम्मेदारी जब सिर पर पड़ेगी, तो उसे निभाना भी सीख जाएगी।'

अचानक उन्हें कुछ याद आ गया।

उन्होंने भौंहें सिकोड़कर कहा, 'अरे, हां, याद आया! मुझे क्या तो कहना था। देखो, मिनट भर की जान-पहचान में इतनी आत्मीयता दिखाना ठीक नहीं है। यह बात हर किसी को समझनी चाहिए। चंद मिनटों की जान-पहचान में किसी की दीदी, मां या मौसी होना, किसी भी बुद्धिमती महिला को भला नहीं लगेगा।'

'मंझली बुआ को तो अच्छा लगता है।'

'मैं बुद्धिमती महिलाओं की बात कर रही थी, पूवाली।'

मनीषा ने तीखी आवाज़ में जवाब दिया।

पूवाली को हंसी आने लगी, साथ ही यह छोटी बुआ, उसे बेहद दिलचस्प लगीं। वे उसे बेहद पसन्द भी थीं। हज़ार कुछ के बावजूद, वह बचपन से ही छोटी बुआ को खूब-खूब प्यार करती आई थी। स्कूल में, निबन्ध की क्लास में वह लिख भी आई थी, 'मैं आइसक्रीम और छोटी बुआ को प्यार करती हूं।'

लेकिन मनीषा उनकी मां नहीं बन पाईं। उन्होंने इसकी कोई कोशिश भी नहीं की। उन्होंने शादी भी नहीं की। इसलिए चेहरे पर कुंवारी लड़कियों जैसा सुकुमार भाव हमेशा ही बना रहा! कमाल की कमनीयता थी उनके चेहरे पर!

इसके अलावा आंखों में भी बुद्धि की शुभ्र उज्ज्वलता! हमेशा तरतीब से बंधी हुई साड़ी, कसा हुआ जूड़ा! जूड़े में हमेशा पेंसिल ठूंसी हुई! पूवाली के घर के अन्दर छोटी-बड़ी डायरियां यहां-वहां पड़ी हुईं। जनवरी की शुरुआत में नाते-रिश्तेदार उन्हें थमा जाते थे।

गृहस्थी के लिए ज़रूरी-गैर ज़रूरी चीज़ें उन्हें याद नहीं रहती थीं। इसलिए जब, जो याद पड़ती थीं, वे झट से अपने जूड़े से पेंसिल खींच लेती और हाथ के क़रीब पड़ी किसी कॉपी में घसीटकर लिख डालती थीं—'धोबी को ग्यारह रुपए, पूवाली के स्कूल की तनूखाह, मसूर दाल, लाइब्रेरी की किताबें वापस करना, मंझली दीदी के लिए फोर-प्लाइ बी-हाइब!'

इसके अलावा, वे हर वक़्त अपने ही काम में मगन रहती थीं। औरतों के अंग्रेज़ी हाउस-पत्रिका की आंटी एम होना आसान बात नहीं थी। हमेशा ढेर-ढेर पत्रिकाएं ख़रीद लाती थीं। पूवाली उन पत्रिकाओं से उनके पैटर्न, एप्लिक के नक्शे वगैरह, जहां, जो पाती थी, काटकर रख लेती थी। पाक-विधि की किताब से वह बैंगन के विविध पंचमेल पाक-विधि के फॉमूले भी लिखती रहती थी।

वे ये फॉर्मूले विविध पत्रिकाओं को भेज देती थीं। इसके अलावा, आंटी 'एम' के पास गड्डी-गड्डी चिट्ठियां आती थीं। उन चिट्टिइयों में सैंकड़ों तरह के सवाल पूछे जाते थे—जीवन में अशांति, पति को केंकड़े से एलर्जी, छोटी बेटी की नाक के बांयी सुराख से पानी बहता है; कम-से बालों का जूड़ा बांधने का उपाय? प्रेम करके विवाह करना बेहतर है या विवाह के बाद प्रेम करना? जिनकी नाक चिपटी है, उन्हें क्या गालों पर हल्का-हल्का पाउडर

पफ करना चाहिए? नाक पर गहरे रंग का या हल्के रंग का पाउडर लगाकर, चेहरे पर गाढ़े रंग का पाउडर लगाया जाए?

किसी-किसी के ख़त में शिकायत भी होती-आंटी एम के बताए हुए फॉर्मूले के मुताबिक स्वेटर बुनने का यह फ़ायदा हुआ कि वह स्वेटर न बेटे को फिट आया, न बेटे के बाप को, बल्कि किसी अतिशय मोटे-मुटल्ले को फिट आया।

कोई-कोई लिखता था—पेन-फ्रेंड बनवा दें; फिल्मों की अभिनेत्रियों से जान-पहचान करा दें—ऐसी ही सैंकड़ों समस्याएं, सैकड़ों सवाल!

इसके अलावा, मनीषा का अपना काम जिसके लिए उन्हें तनूखाह मिलती थी, वह तो था ही! छोटे बच्चों की आर्ट गैलरी में बच्चों के चित्रों की प्रदर्शनी लगाना, बच्चों की लाइब्रेरी चलाना—इनमें उनका काफ़ी सारा वक़्त चला जाता था।

उन्हें देखकर, यह भी लग सकता था कि मनीषा दरअसल बेहद झक्की औरत हैं। वे न तो पन्नों के जवाब दे सकेंगी, न किसी दिन वक़्त पर दफ़्तर पहुंच सकेंगी!

फर्ज़ करें, दस बजे दफ़्तर पहुंचना है, नौ बजे वे पूवाली को आवाज़ देकर सवाल पूछ बैठेंगी, 'सुन, ट्रॉपिक्स में पैदा होता है, कांटों वाला फल है; नौ अक्षरों का नाम है। बता तो कौन-सा फल है?'

ख़ासा निश्चिन्त चेहरा! जूड़े में पेंसिल, हाथ में कलम, होठों पर गानों की गुनगुनाहट!

'पाइन ऐपल! यह क्रॉसवर्ड ही तुम्हें चौपट कर गया, छोटी बुआ!'

घरवालों की जुबानी सुनने में आया, कोई बहुत बड़ी गृहस्थिन नहीं, बल्कि अति मेधावी होने के लिए ही मनीषा ने विवाह नहीं किया।

'नॉनूसेंस!' मनीषा ने क्रॉसवर्ड के खाने भरते-भरते कहा,

'मंझली दीदी ने बताया है न? सच तो यह है कि उन लोगों ने किसी दिन मेरे ब्याह की कोशिश ही नहीं की। इसके अलावा बड़े भइया...! हद दर्जे के गैर जिम्मेदार थे वे!'

'बाऊ जी? बाऊ जी ने क्या किया?'

'क्यों? गैर-जिम्मेदार नहीं थे? मामी तो बहुत पहले ही मरकर, हाड़-हाड़ जुड़ा गईं। जितने दिनों ज़िन्दा रहीं, बड़े भइया की नित नई-नई डायट और नित्य नई-नई नौकरी बदलने के चक्कर में पिसती हुई, नेस्तनाबूद होती रहीं।'

'अच्छा, बाऊ जी नौकरी बदलते रहते थे?'

'बदलते नहीं थे? हर बार पहले से ही अच्छी नौकरी मिल जाती थी। ग़ज़ब की तकदीर थी, ऐसा कमाल शायद ही कहीं नज़र आता हो। ज़रा सोचो, चौवालीस साल की उम्र में, बड़े भइया तो मर ही गए। उतने ही दिनों में, यह घर लगभग तैयार हो चुका था। ढेरों रोजगार न करते होते, तो यह मकान बनवा सकते थे?'

'फिर तुम्हें इसमें उनकी गैर-जिम्मेदारी कहां से नज़र आ गई?'

'मैं विलायत जानेवाली थी। सब ठीकठाक हो चुका था। बनारस में कॉलेज की नौकरी से इस्तीफा देकर, मैं तुम दोनों को देखने के लिए, पूजा के यहां देखने आई। उसके अगले दिन, सब लोगों के सामने बड़े भइया ने हंसते-हंसते कहा–जा, सैर करके, जल्दी-जल्दी लौट आ। तेरे अलावा, और किसी के हाथों में बच्चों को छोड़ने का भरोसा नहीं होता।–उनकी यह बात सुनकर, मंझली दीदी, मंझले भइया गुस्से से बम्-बम् हो गए। बड़े भइया पर इसका तनिक भी असर नहीं हुआ। उन्होंने अगला जुमला जोड़ा–तू ही मेरे मकान की वारिस है, समझीं?'

'उसके बाद?'

'उसके बाद, और क्या? अगले ही दिन छाती में दर्द उठा और टुप् से मर गए। बची रही मैं–' मनीषा हंस पड़ी।

'लो, आज तुम्हारा दफ़्तर जाना तो हो गया।' पूवाली ने पर्द का छोर, अपने चेहरे पर लपेटते हुए कहा!

लेकिन, ठीक वक़्त पर देखा यह गया कि वे ठीक खा-पीकर, सज-धजकर निकल पड़ीं। दफ़्तर में मिनट की भी वे लेट नहीं हुईं।

देखा न, बस, वे बाहर से ही अव्यवस्थित, अस्त-व्यस्त, झक्की और उड़ी-उड़ी-सी नज़र आती थीं।

लेकिन पूवाली जानती थी कि वे हद से ज़्यादा गंभीर हो सकती हैं। उनका भीतरी स्वभाव कितना जबर्दस्त सख़्त, सतर्क, नियम-दुरुस्त था! किसी भी क़िस्म का खिलवाड़ वे बिल्कुल बर्दाश्त नहीं कर सकती थीं।

वे बाहर-बाहर से प्रश्रय देती थीं, मगर अन्दर ही अन्दर अपना शासन कभी शिथिल नहीं किया।

अगर मां-बाऊ जी ज़िन्दा भी होते, तो इतनी कड़ियल शायद नहीं हो पातीं।

छोटी बुआ की शिक्षा थी, हर छोटे से छोटे काम में भी दायित्व-ज्ञान का परिचय होना चाहिए।

इन्सान को हर पल सच्चा और ईमानदार बनना पड़ता है। ज़िन्दगी भर झूठ के सहारे चलते-चलते, अचानक सच्चा और ईमानदार नहीं हुआ जाता।

'बिल्कुल सतत् अभ्यास की तरह...समझीं, पूवाली? नित नहाने-दांत मांजने के अभ्यास की तरह!'

बड़े भइया ने जब ब्याह कर लिया और बीवी को लेकर अमरावती चले गए, दीदी, मंझली दीदी, सबके सब एक-एक करके अपने-अपने घर में थे, तो एक-एक बार सभी के विवेक को चोट लगी।

'पूवाली का क्या होगा, छोटी बुआ?' भाई ने धीमी आवाज़ में पूछा।

'क्यों, ऐसा क्या हो गया?' बुआ ने यथास्थिति सवाल के

जवाब में सवाल जड़ दिया, 'डॅनूस, पुरानी अंग्रेजी में तो छः अक्षर होते हैं, है कि नहीं?' अगले ही पल उन्होंने ज़रा ज़ोर से आवाज़ लगाकर कहा, 'पूवाली, लिख रख, तेरे भइया के लिए दो जोड़े मोज़े ख़रीदने हैं।'

'हां, तू क्या कह रहा था?' उन्होंने भइया से दुबारा पूछा।

'मैं कह रहा था, पूवाली क्या रॉजर्स में नौकरी ही करती रहेगी? हममें से कोई यहां नहीं होगा...उसका ब्याह कर दो, तो तुम हमारे पास तो रह सकती हो छोटी बुआ?'

'व्हाट नॉनसेंस!'

मनीषा ने क्रॉसवर्ड से सर उठाकर देखा।

अगले ही पल उन्होंने जवाब दिया, 'उसके दिमाग़ में बुद्धि-शुद्धि है; उसने पढ़ाई-लिखाई की है; बहुतेरे लड़कों से बेहतर नौकरी करती है। अचानक उसका ब्याह क्यों करने जाऊंगी?'

'वर्ना बोझ तो तुम पर ही पड़ेगा।'

'बोझ?' चेहरे पर हंसी लपेटे हुए, उन्होंने धीमे लहजे में ही कहा, 'बोझ पड़ता है या नहीं, यह तो तुझे बहुत पहले ही समझना चाहिए था, अमित!'

यह बात शायद सच भी थी।

इतने सालों से पूवाली और उसके भाई-बहनों को छोटी बुआ ने ही पाल-पोसकर इन्सान बनाया। लड़कियों का ब्याह किया, बुआ की नौकरी-चाकरी करने के बावजूद, अमित ने किसी भी दिन यह जानने की कोशिश नहीं की कि गृहस्थी की हर ज़रूरत कैसे पूरी की जाती है। वह तो इत्मीनान से यह मांग कर बैठा कि उन लोगों के यहां रेफ्रिजरेटर क्यों नहीं है, वे लोग आराम की ज़िन्दगी क्यों नहीं गुज़ारते?

इसमें अमित का कोई दोष नहीं था। उसका ख़्याल था कि ये चीज़ें ही आराम की ज़िन्दगी गुज़ारने की सबूत थीं। अमित

आख़िर इसी ज़माने का लड़का था।

चलो, मान लिया कि लड़के ज़रा स्वार्थी होते हैं। लेकिन लड़कियां? पूवाली की दीदियों ने ही भला बुआ को छोड़ दिया?

'पूजा' की साड़ी देखकर, उनके चेहरों पर अंधेरा उतर आया। उन लोगों ने बात-बात पर तानों की बौछार कर दी कि अगर उनके मां-बाप ज़िन्दा होते, तो उनकी ऐसी बेइज़्ज़ती हरगिज़ नहीं होती।

मनीषा को इस वक़्त, शायद वही बात याद हो आई।

पूवाली के भइया चुप!

'ख़ैर, तू तो सदा से ही ज़रा स्वार्थी टाइप है।' मनीषा ने कमरे की सीलिंग की तरफ़ नज़रें गड़ाए-गड़ाए कहा।

'वा-ह!' भइया की आवाज़ आहत हो आई, 'मैं अब इसी घर का बेटा हूं, मुझे यह सब भला सोचना नहीं होगा?'

'ना!' मनीषा के होंठों पर मुस्कान उभर आई।

'क्यों?'

'देख, बचपना मत कर! जब तेरे बाऊजी का इन्तकाल हो गया, तब बड़े भइया, सिर्फ़ यह मकान और दसेक हज़ार रुपए का लाइफ-इंश्योरेंस छोड़ गए थे।'

'जानता हूं।'

'तुम चारों की लिखाई-पढ़ाई की! चैताली, श्यामली का ब्याह हुआ! पांच सालों तक तूने इलेक्ट्रिकल इंजीनियरिंग की पढ़ाई की। तुझे क्या लगता है, सारा खर्चा-पानी क्या इन्हीं रुपयों से निकला?'

'नहीं, छोटी बुआ, तुम मेरी बात तो सुनो—'

'उस वक़्त तो तूने नहीं सोचा कि मुझ पर बोझ पड़ रहा है या नहीं?'

मनीषा ने क्रॉसवर्ड समेटकर, बैग में भर लिया। ऑफिस में इसे टाइप कराने के बाद, लिफाफे भरकर, बम्बई-दिल्ली रजिस्ट्री

करा देंगी। वे क्रॉसवर्ड तैयार करके अख़बारों में भेजती रहती थीं। विभिन्न अख़बार, इन क्रॉसवर्ड से ख़ासी कमाई करते थे और उन्हें भी अच्छी रकम भेंट करते थे।

'सुन, अमित, पूवाली की फिक्र तू मत कर। उसके साथ मैं मजे से रह लूंगी। तुम लोगों के लिए भी मैं इतने दिनों चिन्ता-फिक्र करती रही, अब मुझे छुट्टी दे। अब मैं उसके साथ कुछ दिनों चैन से रहना चाहती हूं।'

'उसका ब्याह नहीं होगा?'

'जब वह करना चाहेगी, तभी हो जाएगा।'

'मंझली मौसी ने किसी अफ़सर का जिक्र किया था न? अरे...किसी टी-प्लांटेशन में अफ़सर है?'

'ना, अमित, वहां जाकर, मैं रिश्ता पक्का नहीं कर पाऊंगी। इसके अलावा, मुझसे नाते-रिश्तेदारों से भी कोई मदद-सुविधा नहीं मांगी जाएगी।'

हां, पूवाली के ख़ानदान की यही खूबी थी। उसके नजदीकी रिश्तेदार अच्छी-अच्छी नौकरी में बहाल थे। उन लोगों से उनकी भेंट-मुलाक़ात नहीं होती, ऐसा भी नहीं था। लेकिन, इस वजह से उन लोगों से कुछ करने को कहना? भला कहा जाएगा।'

इस वजह से नाते-रिश्तेदार कहीं से भी खुश नहीं थे।

मनीषा ने कहा, 'यह महज मनोविज्ञान का मामला है। हमारे स्वावलम्बी होने, अलग-थलग दिखने के प्रयास को वे लोग हमारा अहंकार मानते हैं। दूसरी तरफ़ हममें इतना आत्मसम्मान है, इसलिए वह हम में श्रद्धा करते हैं।'

वे पूवाली के साथ रहेंगी, यह सुनकर चैताली ने कहा, 'तुम जिम्मेदारी ले रही हो, इसका मतलब तो यह हुआ कि उसे अबाध प्रश्रय दे रही हो–' उसने ईषत् भारी आवाज़ में कहा।

इन कुछेक सालों में चैताली का सारा बचपन गुम हो चुका

था। अब वह अपने पति का चश्मा अपनी आंखों पर चढ़ाए, सबकुछ सीरियसली देखने की कोशिश करती थी।

इसके अलावा, बहनों में चैताली और श्यामली का ख़्याल था कि उनकी मां के काफ़ी गहने-ज़ेवर छिपाकर रखे हैं, जो वे पूवाली को ही देंगी।

इसीलिए वे लोग पूवाली को प्रतिद्वन्द्वी की नज़रों से देखती थीं। वे लोग उसके साड़ी-ब्लाउज़, कपड़े झपट लेती थीं, रुपए-पैसे भी हथियाना नहीं छोड़ती थीं।

वे कहती थीं, 'तेरे तो पौबारह हैं न? तेरी तो छोटी बुआ हैं–'

पूवाली को मनीषा काफी बढ़ावा देती थीं, इस में उन दोनों को कोई शक नहीं रहा।

अबाध प्रश्रय देना, ग़लत है! नाइन्साफ़ी है!

'ख़ैर, अबाध प्रश्रय तो मैंने तुम दोनों को भी दिया था, री इससे किसी का कुछ बुरा हुआ, ऐसा तो नहीं लगता–'

मनीषा ने बात आगे नहीं बढ़ने दी।

सिर्फ़ एक बार उन्होंने पूवाली को बुलाकर कहा, 'मुझे लगता है, मैंने तुझे लज्जावती की तरह रख-ढंककर पाला-पोसा, बड़ी नज़ाकत से बड़ा किया, मर्दों की दुनिया से तेरी कोई पहचान ही नहीं होने दी। यह अच्छा हुआ या बुरा, कौन जाने।'

'पहचान नहीं हुई, तो नहीं हुई, तुम्हारी भी तो नहीं हुई।'

मनीषा ने उसकी इस बात पर बिल्कुल कान ही नहीं दिया।

उन्होंने पाक-विधि की किताब खोलकर, फूलगोभी रोस्ट करने का फॉर्मूला लिखते-लिखते, कहा, जो भी हो, मैं तुझे खरोंचना नहीं चाहती, लेकिन तू अगर ब्याह करने का फ़ैसला करे, तो ऐसा लड़का देखना, जो तेरे कैरियर में मदद करे।'

'कैरियर में मदद करे?'

'हां! सुन, आंटी एम की चिट्ठियां कहां गई, री?'

गड्डीभर ख़त अपनी गोद, आंचल में बटोरकर, मनीषा उनका जवाब लिखने चल दीं। हर दिन ही उन्हें इतनी-इतनी चिट्ठियां मिलती थीं, वे एक-एक का बिल्कुल ठीक तरह जवाब देती थीं। वे अख़बारों की आंटी 'एम' थीं! गुप्त नाम से लिखती थीं।

जब सुशील से जान-पहचान हुई...परिचय और घनिष्ठता हुई, उस वक़्त, उसके पास कोई भी नहीं था। पूवाली किसी से भी, कुछ भी सलाह-मशविरा नहीं कर पाई।

वैसे सलाह-मशविरा करना, ज़रा जानना-समझना शायद ज़रूरी था।

आज इतने दिनों बाद, सत्येश को सारा कुछ बताते हुए पूवाली ने कहा, 'पता है, मुझ जैसी लड़कियों को, जिनका तजुर्बा इतना कम है। उनके लिए ज़रा पूछ-ताछ करना, जानना-समझना बेहद ज़रूरी होता है।'

'क्यों? ज़रा बताओ तो!'

'वे ठीक कह रही हैं या ग़लत, इस बारे में बातचीत के लिए, किसी और का होना, बेहतर होता है।'

'तुमने अगर सचमुच प्यार किया हो, तो कोई गैर भला तुम्हारी क्या मदद कर सकता है?'

'प्यार?'

'प्यार नहीं, तो और क्या?'

'मैं तुम्हें ठीक-ठीक समझा नहीं सकूंगा। देखा नहीं, तुम्हें प्यार करने के लिए, मुझे कोई कोशिश नहीं करनी पड़ी। तुम्हें प्यार न करूं, मैं तो यह कोशिश करता रहा। जाने कितनी-कितनी बार मैं अपने को समझाता रहा, इस प्यार का कोई मतलब नहीं होता; निरा बेतुका है यह प्यार! मुझे तुझे हरगिज प्यार नहीं करना है—'

जैसे आजकल, कुछ-कुछ लोगों के हाथों में कुछ भी नहीं होता है। ट्रेन पकड़कर रवाना होने के बावजूद, निश्चित जगह पर

पहुंचने से पहले, ट्रेन रुक जाती है। बारिश में नहीं भीगेंगे, यह तय करने के बावजूद, अचानक भींगने को लाचार हो जाते हैं। घूस नहीं लूंगा, घूस हरगिज नहीं लूंगा—दिन में दोनों वक़्त रटने रहने के बावजूद, इन्सान अनजाने में ही घूस लेना शुरू कर देता है। यह तक कि मार-पीट सख़्त नापसन्द करने के बावजूद, इन्सान आम जनता के साथ मिलकर, जी भरकर बस-ड्राइवर को या पॉकेटमार की धुलैया शुरू कर देता है।

आजकल इन्सान बेहद असहाय हो गया है। ट्रेन, बारिश, रिश्वत की दौलत, बस की टक्कर—कुछ भी इन्सान को बहा ले जा सकती है। प्यार की पूवाली को बहा ले जा सकता था। हां, प्यार ही उसे बहा ले गया। प्यार किसी भी चीज़ से कहीं ज़्यादा ताकत रखता है। असल में, इन्सान आजकल अपने हाथ में नहीं है, कोई भी इन्सान अपने वश में नहीं है।

'शुरू-शुरू में उससे मैं प्यार नहीं कर पाई। लेकिन वह मेरे पीछे-पीछे लगा रहा; मेरे पीछे-पीछे घूमता रहा, उसने मेरी नाक में दम कर दिया। हर कोई हमारे बारे में बातें बनाने लगा। वह भी बढ़-चढ़कर बोलने लगा—वह यही तो चाहता था। मुझे लेकर, जब तुम्हारी बदनामी फैलेगी, तभी तुम लाचार होकर, मुझे प्यार करने लगोगी, तंग आकर, परेशान होकर, आख़िरकार मैंने उसकी तरफ़ अपने मन को मोड़ने की कोशिश की।'

वैसे सुशील ने किसी के भी कहने-सुनने की परवाह नहीं की। उसे किसी की भी अनुमति का इन्तज़ार नहीं था।

'दादा, दीदी, बुआ। इन सबका वास्ता मत दो, पूवाली, बस, मुझे तुम चाहिए।'

यह भी सच था कि पूवाली निमिष भर में नहीं बह गई।

काफ़ी देर तक, काफ़ी दिन तक उसने अपने को रोके रखा।

अचानक एक दिन उसे अहसास हुआ कि वह सुशील के

जाल में फंस गई है।

जब उसे इसका अहसास हुआ, राह चलते-चलते, उसे बेतरह रुलाई आने लगी।

बहुत-बहुत दिनों से उसे ऐसी रुलाई नहीं आई थी। सड़क पर चलते-चलते, किनारे पर खड़ी महामानव की मूर्तियों को निरखते-परखते, उस मूड खराब हो गया। इन महामानवों का भी कोई दोष नहीं। वे लोग ही तो चाहते थे कि देश के तमाम लोग लिखना-पढ़ना सीखें, औरतें शान से सिर उठाकर खड़ी हों, हर कोई समानता की ज़मीन परी मिलेजुले रहें! लेकिन, शान से सिर उठाकर, अकेले-अकेले चलते हुए, सैंकड़ों तरह के दुःख भी झेलने पड़ते हैं, यह बात वे लोग नहीं जानते थे।

'हर चीज़, यहां तक कि इन्सान को भी, उसकी क़ीमत जांचकर ही ख़रीदना चाहिए।'

नन्दन रोड वाले घर में बैठे-बैठे, यह जुमला सुशील ने, मनीषा से कहा था।

उन दिनों भी सुशील और उसके यार-दोस्त इस घर में उतने अंतरंग नहीं हुए थे। वैसे इस बात का ख़्याल आते ही, पूवाली को शक़ होता रहा, जिसे सच ही अंतरंगता कहते हैं, ऐसा कोई रिश्ता कभी, किसी दिन भी नहीं बना, क्योंकि सुशील और उसके यार-दोस्त तो अंतरंगता में कभी विश्वास ही नहीं करते थे।

'व्हाइ शुड आइ बी इन्टिमेट विथ वन एंड ऑल? मैं सबके साथ अंतरंग क्यों होऊं?' सुशील ने जवाब किया।

'किसी ने किसी से तो अंतरंग होना ही होगा, डार्लिंग?' कल्पिता ने नाखूनों पर पॉलिश चढ़ाते-चढ़ाते फिकरा कसा।

'होऊंगा! ज़रूर होऊंगा! पूवाली के साथ होऊंगा!—अंतरंग!'

यह जुमला सुनते ही पूवाली को लगा, कि उसने कनखजूरों के बिल में पैर डाल छिया है। वह सिर से पांव तक सिहर उठी।

सत्येश को अपनी सारी दास्तान सुनाते-सुनाते पूवाली ने पूछा, 'तुम्हारे मन में शायद यह सवाल उठ रहा होगा कि इतने सबके बावजूद मैं उसे बढ़ावा क्यों दे रही थी? मैं उसे बर्दाश्त क्यों रह रही थी?'

'इस 'क्यों' की वजह तो मुझे नहीं मालूम, लेकिन समझने की कोशिश ज़रूर कर रहा हूं, पूवाली!'

'सुनो, बस, तुम सुनते रहो–' पूवाली ने गुनगुनाह के लहजे मे आहिस्ते से कहा, 'आज तुम्हारे सामने सारी बात कबूल करके ही जाऊंगी। हां, मैं इस बात से इन्कार नहीं कर सकती कि सबकुछ के बावजूद सुशील के व्यक्तित्व में, आंखें चौंधिया देनेवाला, चकाचौंध मौजूद था।'

'हां, मेरा भी यही ख़्याल है।'

'जो मर्द, बहुतेरी औरतों के साथ घूमता-फिरता था, वही जब आकर मेरी स्तुति शुरू कर देता था, यह देखकर मैं कुछ-कुछ आवाक् ज़रूर हुई थी। इसके अलावा...'

'हां, कहो न!'

'इसके अलावा, छोटी बुआ चाहे जो भी कहें, मेरे अपने मन में भी अद्भुत साधारण होने का अहसास बसा हुआ था। मेरा ब्याह होगा, मेरी भी घर-गृहस्थी होगी, मेरे मन में ये चाहें खुराफात मचाए हुए थीं। इसीलिए सुशील के कहने पर, मैं उसकी तरफ़ झुक आई।'

'मैं प्यार करता हूं!। तुम्हें प्यार करता हूं।'–सुशील के ये जुमले सुनते-सुनते, पूवाली के कान पक गए।

'मैं क्या करूं, बताओ तो, छोटी बुआ?'

'मैंड्रागोरा, पुरानी अंग्रेजी में मैंड्रेक सूट के हिज्जे देखा करता था।'

'मैं कहां देखूं?'

पूवाली एकदम से बेचैन हो उठी। उसकी और छोटी बुआ की परिचित दुनिया तो डिक्शनरी देख-देखकर, उनके हिज्जे ठीक कर दिया करती थी, आंटी 'एम' की चिट्ठी-पत्री के जवाब लिया दिया करती थी, छोटी बुआ के कॉस्ट एकाउंटेंसी के अंक हल कर देती थी—यह सब छोड़कर, वह कहां जा रही है?

'और कहां? मेडिएवल अंग्रेजी की डिक्शनरी में देख न! जाने किन लोगों ने तो कोई नई डिक्शनरी निकाली है! रुक जा, लिख रखूं!'

खिड़की पर धागे से बंधी, बर्माशेल की छोटी डायरी झूल रही थी। तारीख खोजकर मनीषा ने लिख रखा—'ब्लैकवुड डिक्शनरी की एक प्रति, तीन बंडल धागा, अमित की ससुराल में शाम को टेलीफोन!'

अगले ही पल वे एकदम से बोल उठीं, 'सर्वनाश!' वे झटपट इस्त्री का प्लग खोल आईं। इस्त्री गर्म होकर चिटक रही थी।

'क्यों? आज इस्त्री नहीं करोगी?'

'ना—'

'एक दिन फिर करेंट की बर्बादी बुआ।' पूवाली झुंझला उठी। अगले ही पल, वह अपनी परेशानी पर दुबारा लौट आई, 'सुशील बेहद परेशान कर रहा है।'

'कॉर्नेलिया, लैटिजिया...' मनीषा ने क्रॉसवर्ड के खाने के हाशिए पर नोट किया और लगातार कहती भी गईं, 'इस बार खुद ही छपाऊंगी। क्रासवर्ड पहेली, खुद ही बेचूंगी। एक बात बता, तू क्या उसे प्यार करती है? तब तो वह जस्टिफाइड है! सही है! लेकिन अगर तू प्यार नहीं करती, तो अमित के साले चैताली के देवर और बाकी समूचे कुल-खानदान के लोगों में प्रचार करते फिरना क्राइम है! अपराध है! जुर्म है! मुमकिन है, यह उसका रोग है।'

मनीषा की चमकती निगाहें, पूवाली के चेहरे पर टिक गईं, मानो उन्हें यह अपेक्षा हो कि पूवाली इन्कार कर दे। वह कह दे कि वह प्यार नहीं करती, तो सारा झंझट ही ख़त्म!

'मुझे कुछ समझ में नहीं आ रहा है, बुआ!'

पूवाली, मनीषा की बगल में पड़ी हुई आरामकुर्सी पर अधलेटी हो आई।

टेबललैंप की रोशनी की तरफ़ से मुंह फेरे-फेरे उसने धीमी आवाज़ में कहा, 'सच्ची मेरी अक्ल काम नहीं कर रही है।'

हाथ का क्रॉसवर्ड रोककर, मनीषा ने जवाब दिया, 'सुन मेरी बात सुन, उस लड़के को तू एक बार यहां ले आ। मैंने तो कहा ही है, तुझे जो अच्छा लगे, उसी से ब्याह कर ले–'

थोड़ा ठहरकर उन्होंने ईषत हंसकर कहा, 'तेरे बाऊजी की ज़ब मौत हो गई, तब तुम सबके लिए कमाती रही, अब जो कुछ भी है, सब तेरा ही है।'

'तुम दादा को, दीदी, मंझली दीदी को प्यार नहीं करतीं?' पूवाली ने अपने अध-भीगे बालों को कंधे पर छितरा दिया।

इस क़िस्म के सवाल पर मनीषा फौरन भड़क जाती थी।

वे तमककर कहती थीं, 'फिजूल का सवाल!' लेकिन आज वे नाराज नहीं हुईं।

'भई, जो कुछ तेरे बाऊ जी का है, वह तुम चारों को मिलेगा। मुझ अकेली को जो कुछ भी है, वह तुझे मिलेगा, सब तेरा है।'

मनीषा ने आगे कुछ नहीं कहा। इससे ज़्यादा आवेग जाहिर करना, उनके स्वभाव में ही नहीं था। लेकिन पूवाली बखूबी जानती थी वह छोटी बुआ की बेटी भी है और दोस्त भी? वही सबकुछ है!

'सुशील तो हर वक़्त यही रटता रहता है कि वह मुझे प्यार करता है! मुझसे ही!'

'और तू? तू भी क्या उसे प्यार करती है?'

'मुझे क्या पता, 'प्यार' तुम लोग किसे कहते हो?' पूवाली के खूबसूरत, कांच जैसे कोमल-चिकने माथे पर फिक्र उतर आई।

'मैं बताऊं–' मनीषा ने और एक क्रॉसवर्ड का एक नक्शा उठाते-उठाते कहा, 'तू उस लड़के को किसी दिन ले आ–'

'तुम्हारी गार्जियन हैं वे?' इस उम्र में, ऐट द एज ऑफ थर्टी, तीस की उम्र में, बुआ के सामने इंटरव्यू देना होगा?

'हां!' पूवाली खीझ उठी।

'सुशील, तुम पूवाली की बुआ का पूरा परिचय शायद नहीं जानते–' अचानक सैकत बोल उठा।

और-और लोगों की जुबानी, मनीषा की प्रशस्ति सुनकर, पूवाली अवाक् रह गई।

अगले ही पल उसने कहा, 'नहीं, नहीं, ऐसे कोई ग़ज़ब की सुन्दरी-टुन्दरी वे नहीं हैं। प्लीज़, सैकत, ऐसे सुपर-विशेषण में बात न करें। मुझे परेशानी होती है।'

पूवाली, सुशील को मनीषा के दफ़्तर में ले गई। जैसे लोग, नौकरी मांगने के लिए दफ़्तर में हाज़िर होते हैं और चुप बैठे रहते हैं, सुशील भी उसी तरह सिमटा बैठा रहा। मनीषा के कमरे की चारों तरफ़ की दीवारों पर बच्चों की बनाई हुई तस्वीरें टंगी हुई थीं।

मनीषा सुशील को देखकर मुस्कराईं।

उन्होंने पूवाली से कहा, 'आ, बैठ!'

उसके बाद वे टेलीफोन पर, बालीगंज में बच्चों के किसी स्कूल के एक्टरी को बेभाव डांट लगाती रीहीं। उनकी बातें सुनकर, सुशील ने उनके बंगला उच्चारण की मन ही मन तारीफ़ की।

हालांकि वह कुछ बोल नहीं पाया, मगर मन ही मन वह कहीं बार-बार झटके खाता रहा। मनीषा जिस नौकरी में बहाल थीं, सुशील की राय में उस काम के लिए, कड़ी डोज़ की आधुनिकता और गरिमा दरकार होती है।

मनीषा सिर से पांव तक, तेल-चुपड़ बालों से लेकर दोनों कलाइयों की चूड़ियों, चूड़ी के साथ घड़ी—सभी कुछ बंगालीपन से भरपूर! वह भी गंवारू बंगालीपन!

यह भी एक क़िस्म का स्टाइल है—यह सोचकर, सुशील निश्चिन्त हो आया।

टेलीफोन रखकर, मनीषा ने पूछा, 'तुम ही सुशील हो?'

'हां—'

'क्या काम करते हो?'

'अभी मैं ठीक...फिलहाल तो नहीं...हां, कुछ दिनों बाद...यू नो हाउ दीज़ थिंगूस आर!' सुशील ने चेहरे पर अपनी सबसे खूबसूरत हंसी खिलाकर कहा।

अपने चेहरे पर इसी तरह की हंसी खिलाकर वह आमतौर पर अख़बारों के सम्पादक, दफ़्तर के बॉस, दोस्तों की बीवियों और महिला-मित्रों के पतियों को लाजवाब कर देता था!

'अच्छा! डू आई?...' मनीषा ने धीमे लहजे में कहा।

पूवाली संकोच से गड़ी जा रही थी, बैठी-बैठी पसीने-पसीने हो रही थी।

मनीषा ने भी चेहरे पर अपनी सबसे खूबसूरत हंसी खिलाकर, सुशील की तरफ़ देखा। हां, उनके पास भी खूबसूरत हंसी मौजूद थी, जिसे वे अपने भतीजे-भतीजियों के लिए उठा रखती थीं; जिसे वे विजयादशमी के प्रणाम, गले मिलने या पूवाली के बाऊ जी की पुण्य-तिथि पर ही इस्तेमाल करती थीं।

'पूवाली, रोनी मोदी ने आज चार सौ रुपयों का चेक भेजा है।'

उनका यह वाक्य सुनकर, पूवाली अचकचा गई। यह बात यहां बताने का क्या मतलब है?

'रोनी, मोदी, यानी ओलम्पिक ग्रुप ऑफ पेपर्स?' सुशील के चेहरे पर कौतूहल झलक आया।

'हां! यहां बैठकर आराम से जान-पहचान, बातचीत हो सकती है भला? किसी दिन हमारे घर आओ न!'

उस वक़्त पूवाली की हालत ऐसी थी कि कोई आलपिन से भी उसे टहोका मारे, तो वह एकदम से गिर पड़ती। दीदियों के देवर लोग जब घर आते हैं, तो वे सामने आ बैठती थीं, वे लोग पूवाली से कहीं ज़्यादा बातचीत न शुरू कर दें। सुशील क्या उन्हें इतना ही पसन्द आ गया कि वे उसे घर आने की दावत दे बैठीं?

सुशील के जाते ही, पूवाली ने मनीषा को धर दबोचा।

'वाह! तुम तो ग़ज़ब हो! उसे आने की दावत दे डाली?'

'हां, री! अभी तो उसी को आने को कहा है, बाद में उसके यार-दोस्तों को भी बुलाऊंगी।'

'क्यों?'

'तूने ही तो कहा, यह भयंकर मित्र-वत्सल है। यार-दोस्तों के बिना, उससे चला-फिरा नहीं जाता।'

'हां, यह एक वजह हो सकती है।'

'वजह और भी हैं! यह सुशील भयंकर चालू जीव है। देखा नहीं, उसने मुझे एक बार भी मौसी-बुआ नहीं कहा? वह लड़का बिल्कुल दृढ़-प्रतिज्ञ है! कसम खाए बैठा है कि तुझसे वह ब्याह करेगी ही करेगा।'

उन दिनों भी पूवाली यही सोचती थी कि इस संकल्प की दूढ़ता ही, पौरुष की निशानी है! सुशील उसे छीन ले जाएगा। वह कोई भी बाधा नहीं मानेगा।

'मैं उसे समझना चाहती हूं। वह अपने यार-दोस्तों के साथ हमारे यहां आए, जितना चाहे अड्डेबाजी करे, यही बेहतर है। तभी उसे पहचाना जा सकेगा और घर से बाहर मेल-मुलाक़ात के झमेले से भी तुझे रिहाई मिलेगी।' मनीषा के होठों पर मीठी-सी मुस्कान खिल गई।

'तू फ़िक्र मत कर, री, मुझे कोई परेशानी नहीं होगी। जैसे

अमी के दोस्त आया करते थे, उसी तरह वे लोग भी आया करेंगे। इसके अलावा, इसमें मेरा भी अपना स्वार्थ है! मैं उन लोगों की जेनरेशन को बिल्कुल नहीं पहचानती। उन लोगों को नहीं पहचाना, इससे मुझे फ़ायदा हुआ या नुकसान, आराम से घर बैठकर, इसका अन्दाज़ा लगाया जा सकेगा।'

'छोटी बुआ, तुम न सच्ची! इम्पॉसिबल हो!'

जवाब में मनीषा कुछ कहने ही जा रही थी, मगर चुप हो गई। उन्हें जो लगता है, उसे पूवाली पर क्यों लादे?

बस, वही शुरुआत हुई!

पूवाली ने सोचा था कि सुशील जो उसे 'मिलियन डॉलर लैस' कहता है; वह जो कहता है, 'तुम्हारी क़ीमत है, पूवाली! तुम्हें तो मैं बार-बार भुनाऊंगा, पूवाली। तुम मेरे लिए सारा कुछ जुटाओगी।'—यह सब वह महज कहने के लिए कहा करता था।

अचानक एक दिन सुशील ने उससे पूछा, 'पूवाली हम दोनों ब्याह क्यों नहीं कर रहे हैं, पूवाली, बताओ तो?'

'मुझे नहीं पता।'

वैसे पूवाली के मन में अचानक ख़्याल आया कि जब जिक्र छिड़ा ही है, तो बता देना ही बेहतर होगा।

उसने ज़रा सकुचाते हुए कहा, 'कोई तारीख-वारीख तय करने की भी तो ज़रूरत है।'

'हां, ज़रूरत तो है!'

'देखो, मेरे दफ़्तर के कामकाज में असुविधा हो रही है। सी ए की परीक्षा देने के लिए और सोशल साइंस तथा मार्केट रिसर्च पढ़ना हुआ, तो मुझे वक़्त देना पड़ेगा।'

'लेकिन, मेरा तो अभी कुछ नहीं बना, पूवाली। ऐसा कोई जगह तक नहीं है, जहां ले जाकर तुम्हें रखूंगा।'

'तुम जो उस फ्लैट के लिए कोशिश कर रहे थे?'

'अपने निजी मकान में आराम से रहती हो न, तुम्हें भला क्या अन्दाज़ा हो सकता है? अरे, हां, पूवाली, तुम्हारे वे कौन तो हैं न? फ्लैट-व्लैट देने के मालिक हैं?'

'मेरे फूफा?'

'वे तुम्हारे अपने फूफा हैं?'

'नहीं! बाऊ जी की चचेरी बहन के पति!'

सुशील ने उसी वक़्त उसे धर दबोचा!

'लेकिन मैं तो कभी, किसी दिन, किसी से कुछ...हममें से कोई भी...संकोच और बौखलाहट से तिलमिलाकर, पूवाली अपना वाक्य भी पूरा नहीं कर पाई।

'भई वाह, तुम लोग ठहरे 'प्रिविलेजूड फिउ' मुट्ठभर सुविधापरस्त लोग, जिन्हें किसी चीज़ की ज़रूरत नहीं। हम ठहरे लाखों-लाखों अभावग्रस्त लोगों में, भूखे-कंगाल, मोहताज...' सुशील व्यंग्य से हंस पड़ा।

थोड़ा ठहरकर, उसने ज़रा और गहरी हंसी लपेटकर कहा, 'मुख्य काम मैं कर आया हूं। उनके सेक्रेटरी अपने ही गांव के आदमी हैं। एक ही गांव में घर! उसने मैंने कहा है, मां को लेकर बस्ती में पड़ा हूं। यही सब बोल-बोलकर, ज़रा उसे पिघला लिया और सट् से हाथोंहाथ, एक एप्लिकेशन उनके हाथों में थमा दिया।'

'लेकिन यह बात तो सच नहीं है, सुशील। तुम तो अपनी मां के साथ रहते भी नहीं।'

'मां? मां ने मुझे दिया ही क्या है, पूवाली? इस कलकत्ते की गली-सड़कों पर, हाहाकार मचाते हुए, भटकते फिरने का अधिकार? इसके अलावा और कुछ भी नहीं! इसीलिए मैंने मां को यहां 'कमोडिटी' के रूप में इस्तेमाल किया। मां की क़ीमत बस, इतनी ही है। एप्लिकेशन तो पहुंचा दिया। वैसे ढेर सारे मशहूर 'एफेक्ट' भी ख़र्च करने पड़े, जैसे; धलेश्वरी नदी पर नौका में विसर्जन के

गाजे-बाजे आज भी याद आते हैं। उन लोगों के घर की वह जमघट, वह जश्न, शानदार रास-गीत, भुलाए नहीं भूलते वगैरह-वगैरह!'

सुशील ने दुबारा ठहाका लगाया।

सुशील ने तो कहा था कि अपने गांव तो वह कभी, किसी दिन भी नहीं गया। हां, उसके 'फादर' कहीं रहते थे और विधवा होने के बाद उसकी मां ने गांव की ज़मीन-जायदाद, अपने पट्टीदारों को बेचकर, अपने बच्चों को पाल-पोसकर बड़ा किया।

विधवा औरत! अकेली-अकेली गांव की सम्पत्ति की देखभाल भला कैसे करतीं? कलकत्ते में उनके भाई वगैरह रहते थे, दुःख-तकलीफ़ उठाकर, उनकी मदद से किसी तरह गुज़ारा किया। सुशील इस किस्म का झूठ कैसे बोल पाया?

'यह एक क़िस्म का बातें बेचना नहीं हैं?'

'बे-शक़! लेकिन बातें बेचने का मतलब अपने को बेचना नहीं है। आज की दुनिया में आसानी से कुछ नहीं मिलता, इसीलिए छल-बल-कौशल, चाहे जैसे भी हो, वसूल करो। वसूल करने के लिए बातें बेचो। इसमें कोई नुकसान नहीं हे।'

—'इसमें कोई नुकसान नहीं है'—सुशील ने गहन-गंभीर आवाज़ में कहा था।

'लेकिन अपने को यूं सस्ता करने का मतलब...'

'आत्मा बेचना नहीं है—'

आत्मा को बेचना नहीं है, आत्मा को छोटा करना भी नहीं है—सुशील ने देवशक्तिसमृद्ध, किसी संत की तरह पूवाली को इत्मीनान दिलाया था कि तुम्हारी आत्मा, मेरी हिफ़ाज़त में रही। तुम जाओ, नर्क दर्शन कर आओ या फिर ससागरा पृथ्वी जय करो, अब कोई डर नहीं।

पूवाली के रिश्तेदार ने एक वाक्य में ही उसे फ्लैट दे दिया।

पूवाली की कोशिश से सुशील को घर मिल गया, यह सुनकर सुशील के दोस्तों ने आगाह किया, 'सुशील सावधान! पूवाली धनी-मानी वारिस है, इसीलिए एफेक्टिवूली वेल -कनेक्टेड' है, उसे तो हम ले उड़ेंगे।'

कल्पिता ने कहा, 'डार्लिंग, वे लोग बेहद 'वल्गर' हैं! निहायत फूहड़! तुम क्या नाराज हो गए?'

मनीषा तब हंस पड़ी। बस, हंस पड़ीं, जुबान से एक शब्द भी नहीं कहा।

बस, वही शुरुआत थी!

उसके बाद, सुशील ने अपने चाहिए-चाहिए!' के तगादे से पूवाली की नाक में दम कर दिया।

'छोटी बुआ, तुम भी कुछ नहीं कर रही हो?' पूवाली के होठों पर बुझी-बुझी मुस्कान खिल उठी।

'मैं क्या बोलूं, री?' मनीषा मुस्करा उठीं।

'उसकी बात पर, सबके सामने प्रार्थी बनकर जाना...'

'देख, तुझे जो ठीक लगे, तू वही करना।'

'मुझे तो सिर्फ़ यही लगता है...'

पूवाली इससे आगे कुछ नहीं कह सकी। अपने नाते-रिश्तेदारों के घर जाकर, उसके लिए 'यह कर दें', 'वह कर दें' कहने में उसे बेतरह शर्म आती थी।

'सुशील क्या कहता है?'

'सुशील? वह कहता है, तुम अपने लिए तो कुछ मांग नहीं रहीं।'

'उससे ब्याह करने पर, सब तो तेरा ही होगा, री!'

'पता है, छोटी बुआ, सुशील का कहना है, हम जो किसी की मदद नहीं लेना चाहते, वह हमारा एक क़िस्म का अहंकार है।'

'अहंकार तो अच्छी बात है, री! इसका नाम अगर अहंकार है, तो भला ही तो है।'

'लेकिन अहंकार से और-और क्या सब...'

मनीषा ईषत् हंसकर ख़ामोश हो गई। उनकी बुद्धि अतिशय धारदार थी। वे समझ चुकी थीं कि पूवाली अब धीरे-धीरे सुशील की सिखायी-पढ़ाई, रटटू तोता बनी जा रही थी। बिल्कुल ही कोई व्यक्तित्व न हो या पति-परमेश्वर जो-जो कहेगा, उसे ही मानकर, मुमकिन है, और एक क़िस्म का सुख महसूस करे।

गुलामी का सुख! दासीत्व का सुख! बिल्कुल अहंकारमुक्त होकर, किसी और की इच्छा में अपनी इच्छा को मिला देने का सुख! मनीषा की मां कहा करती थीं, इसमें भी बड़ा सुख होता है! मनीषा को याद है कि पूवाली की मां किस क़दर शांत और नरम-दिल थीं। पूवाली के बाऊ जी जो-जो कहा करते थे, वे सब कुछ मान लेती थीं।

लेकिन पूवाली तो ऐसी नहीं है। इसीलिए मनीषा को सुशील की बातों से तकलीफ़ होती थी। वह कई-कई तरह के कामकाज ज़रूर करती हैं, मगर अन्दर से चैन नहीं पाती। वह चैन नहीं पाती, लेकिन जुबान से कुछ कह भी नहीं सकती।

मनीषा ने सुशील के साथ ज़रा और अंतरंग होने की कोशिश की थी। एक दिन सुशील ने पूवाली से कहा, 'तुम्हें अपनी बुआ का ज़रा और सेवा-जतन करना चाहिए। हज़ार हो, अब उनकी उम्र हुई।'

'हुंह छोटी बुआ की सेहत मुझसे भी ज़्यादा बेहतर है।'

'देखने में भले बेहतर हो; मगर इसका मतलब सचमुच बेहतर-हाल होना नहीं होता।'

'तुम ये सब बातें क्यों कर रहे हो, बताओ तो?'

'अगर, उनकी सेहत ठीक रही, तो वे तुम्हें लेकर विलायत चली जाएंगी, कहीं बस जाएंगी—ये सब बातें उन्होंने क्यों कहीं?'

'कौन विलायत जाएगा? बुआ?'

'यही तो कहा उन्होंने—'

'छोटी बुआ ने मज़ाक किया होगा। उनके पास इतना पैसा कहां हैं?'

'तुम्हें जो पचास हज़ार देने वाली हैं, शायद उसी में से निकालें—'

पूवाली बेतरह भड़क गई थी।

'अच्छा, छोटी बुआ, तुमने उससे ये सब असम्भव बातें क्यों कही? यह घर अकेले मुझे मिलेगा? तुम्हारे पास पचास हज़ार रुपए हैं, सब मेरे लिए हैं?'

'बस, यूं ही कह दिया, मजाक किया था।'

'अच्छा, तो तुम इस ढंग से उसे जांच-परख रही हो कि कहीं वह किसी लोभ में पड़कर तो मुझसे विवाह नहीं करना चाहता?'

'धत्त्! तू यह सब मत सोचा कर! अच्छा तू मेरी एक बात का जवाब दे तो...!'

'पूछो—'

'सुशील ने कभी अपने घर पर तुझे बुलाया या तुझे ले गया?'

'नहीं तो।'

'तुम, दोनों क्या बिल्कुल अलग-थलग घूमते-फिरते हो?'

'नहीं, छोटी बुआ, यहीं तो आ जाता है, सो भेंट हो जाती है—'

'अब ब्याह करने में उसे एतराज कहां है?'

'पता नहीं—'

'उससे ब्याह करके, तू सुखी होगी न?'

'अरे वाह, मैंने वादा जो किया है।'

'वादा करना ही क्या सब कुछ होता है?

'तुमने तो यही सिखाया है।'

'अब मैं ही कहती हूं, वह बात तू भूल जा। बस, जुबान से

कही हुई एक बात के लिए, तू ज़िन्दगी भर के लिए क़ैद हो जाएगी? सुन, ज़िन्दगी इससे कहीं ज़्यादा बड़ी है। ज़िन्दा रहने की मांग भी बेहद बड़ी होती है।'

'लेकिन छोटी बुंआ...'

'क्या बात है, री?'

'मुझे जाने क्यों तो लगता है कि मैं काफ़ी दूर निकल आई हूं, अपने को बहुत ज़्यादा जोड़ लिया है, अब लौट आना संभव नहीं है।'

'जब सचमुच, सच्चा प्यार तुझे मिलेगा, तब तेरे चेहरे-मोहरे से ही साफ़ पता चल जाएगा। तुझे बताना नहीं होगा। अब बता, किस शर्मिन्दगी की वजह से, तेरी आंखों के नीचे, कालिख पुत गई है, री?'

इतना नीचे उतर आने की शर्म! अपने को यूं सस्ता कर डालने की शर्म! सुशील उसे धकियाते हुए आगे...और आगे बढ़ाए लिए जा रहा था। उसे तो चाहिए, बस, सब कुछ चाहिए ही चाहिए।

सस्ते में घर के बाद ही, टैक्सी का लाइसेंस फिर वह लाइसेंस मोटी रकम के बदले किसी और के हाथ बेंचकर, उन रुपयों से ज़मीन की तोड़-जोड़! उधर और अच्छी नौकरी की तलाश, और ज़्यादा ऊंचे पायदान पर चढ़ने की कोशिश! इसमें से हर चीज़ पूवाली को ही जुटानी थी।

हालांकि दूसरी तरफ़ उसका जीवन-दर्शन बिल्कुल भी नहीं बदला। इस पृथ्वी पर पहले जो-जो हो चुका था, सब बर्बाद! उन लोगों के अलावा, बाकी जिसने, जो भी किया या कर रहा है, सबकुछ असार! अचल!

'बट डोन्ट थिंक यू डिस्पाइज मनी! तुम रुपए से नफ़रत करती हो—' सुशील हंसकर कहता था।

उन लोगों को रुपए चाहिए! पैसे! प्रतिष्ठा, घर-मकान चाहिए। पूरा 'दी वर्ल्ड!'

'फिर तुम और-और लोगों की निन्दा क्यों करते हो?'

'सब कुछ अपने हाथों में आ लेने दो, उसके बाद, अपने सबकी भी निन्दा करूंगा।'

ऊपर चढ़ने के लिए, जिस किसी भी रास्ते का सहारा लिया जाता है, यह सुशील का जीवन-दर्शन था।

वे लोग असम्भव खुशामदें करते थे; अपने को बेचते रहे। युरोप की तस्वीरें देख-देखकर, जोश में आए हुए, सुशील के दोस्तों में से, एक ने तो टूरिस्ट साहबों को कलकत्ता के 'बाइ लेन, बाइ नाइट' दिखाने का कारोबार शुरू कर दिया।

'चारों तरफ़ फैल जाना होगा! लोग-बाग़ के सामने अपना नाम इस अन्दाज़ से फ्लैश करना होगा कि जो लोग असफल हैं, वे लोग हमारी कामयाबी देखकर, ईर्ष्या से जलकर खाक़ हो जाएंगे।'

'ईर्ष्या से जलकर खाक़ हो जाएंगे?'

'तुम्हें क्या यह नहीं लगता, सुशील कि तुम बाकी लोगों से भी बुरे हो?'

'ना, डार्लिंग, शायद तुम्हें ही ऐसा लगता है।'

कल्पिता उसे चूम लेने को आगे बढ़ आई।

उस वक़्त रवि के लिए कल्पिता को किसी कस्टम-अधिकारी तक पहुंचने के लिए, पूवाली के परिचय-पत्र की सख़्त ज़रूरत थी। पता नहीं कौन तो रवि के लिए एक टेपरिकॉर्डर लाया था, अब उसे छुड़ा नहीं पा रहे थे।

फटाफट चाय उंड़लने में व्यस्त होकर, कल्पिता के सुपरिकल्पित चुम्बन के हमले से पूवाली ने अपने को किसी तरह बचा लिया।

'सुशील, गो ऐंड पेड्ल सम वर्ड्स!' सैकत की आवाज़ सुनाई दी।

'डोन्ट! पूवाली बातें बेचना पसन्द नहीं करती। उसका कहना है, बातें बेचने से अपने को सस्ता करना होता है।'

'पूवाली, तुम इतनी ऐंटीक हो?'

कल्पिता ने ज़ोर का ठहाका लगाया।

उसके बाद, सुर-छन्द में आवृत्ति शुरू कर दी, 'ऐंटीक...तुम हो ऐंटीक! म्यूज़ियम जब पुरानी चीज़ें खरीदेगा, तो तुम्हें भी लपेट ले जाएगा।'

उस दिन अचानक पूवाली को भयंकर रुलाई आने लगी। ये लोग क्यों समझ नहीं रहे हैं कि वे लोग जो कर रहे हैं, जो बोल रहे हैं, सब अनेक बार हो चुका है। सब कुछ पुराना पड़ चुका है! पुरातन और बर्बाद!

उसका मन हुआ, वह ऐसा कुछ करे कि उनकी याददाश्त ही जाती रहे। वे लोग सबकुछ भूल जाएं। वह इस घर में कोई जादूघर बुला लाए। दोपहर के वक़्त, वह सड़क पर से किसी जादूगर को पकड़ लाए। इन लोगों को आम की गुठली से पेड़ निकलने का नज़ारा दिखाए या फिर हथेली पर माचिस की डिब्बी नचाकर या ताश के खेल दिखाकर, इन लोगों की याददाश्त भुलाकर, सारा कुछ शांत कर दे।

लेकिन ये लोग क्या कोई बात सुनेंगे? पूवाली को रुलाई आने लगी सुशील क्या उसे प्यार करता है? अगर सच ही प्यार करता है, तो उससे विवाह क्यों नहीं करता? ब्याह हो जाने पर, पूवाली को क्या और ज़्यादा दौड़ लगाना होगी?

सुशील की छोटी-बड़ी ज़रूरतों पर उसे जाने कितने दरवाजों तक चलकर जाना पड़ा, कितने ही लोगों के दरबार में हाज़िरी देना पड़ी। यह सब याद करते हुए उसे बेतरह थकान आने लगी; बेतरह रुलाई छूटने लगी। दरअसल वह बेभाव सस्ती होती जा रही है। अब उसका कोई मोल नहीं रहा। सुशील को अगर यह सच्चाई बताए, तो क्या वह उसे छोड़ देगा?

अब उसने एक बार फिर सड़क-सड़क भटकना शुरू कर दिया। राह-राह चलते-चलते, कितने ही दिनों, सर आशुतोष की

मूर्ति देखकर, उसकी आंखें भर आईं। कितने ही दिनों उसका मन हुआ कि वह विक्टोरिया की मूर्ति तले बैठी-बैठी, कुछ देर सो ले। लेकिन, उसमें इस क़दर थकान भर चुकी थी कि उसे नींद भी नहीं आती।

इसके अलावा, अब तो तमाम नाते-रिश्तेदार उनके बारे में बातें बनाने लगे थे।

अभी उसी दिन, जाने कौन तो पैदल-पांव चलकर, उसके दरवाजे तक पहुंचा और उसे सुना गया, 'इस क़दर दौड़-धूप मंगेतर के बजाय, पति के लिए करतीं, तो ज़्यादा शोभा देता।'

इसीलिए पूवाली का कहीं चले जाने का मन करता था। वही चाहती थीं, यहां से कहीं दूर चली जाए और कहीं जाकर चुपचाप बैठी रहे। बचपन में जैसे एक बार बादलभरी दोपहरी में नींद से उठकर, धुंधला आकाश पर नज़रें गड़ाए, वह सच ही यह फर्क नहीं कर पाई कि यह सुबह है या दोपहर! चूंकि वह समझ नहीं पाई, इसलिए काफ़ी देर तक वह चुपचाप बैठी रही, जब तक मंझली दीदी उसे बुलाकर अन्दर नहीं ले गईं।

हां, उसका मन करता था कि वह गहरी नींद सो जाए। बचपन में तो 'खीर का पुतुल' नामक किताब से मुंह ढंके, बिस्तरों के ढेर पर सो जाती थी।

अब वह ऐसा चाहे भी तो क्या उपाय? वह कहां जाए कि राहत और आराम महसूस कर सके?

बस, पूवाली को बार-बार यह अहसास होता रहा कि यहां से कहीं दूर चली जाए। कहीं दूर जाकर शायद उसका मन थिर हो। लेकिन वह जाए कहां?

'तुम न...बेतरह बदलती जा रही हो, पूवाली!'

उसे नोट देते-देते, एक दिन दफ़्तर के जी आर, रजतजीवन दत्त ने कहा, 'इसीलिए मैं बंगाली लड़कियों-औरतों को 'वर्थलेस'

कहता हूं! बिल्कुल नाकरा! तुम लोग किसी शर्त पर भी कोई कैरियर नहीं बना पातीं–'

रजतदत्त उम्र में पूवाली से थोड़ा-बहुत ही बड़ा था! बेहद कर्मवीर शख़्स! अभी हाल में ही उसका ब्याह हुआ है और अपने समूचे दफ़्तर के लोगों को शानदार पार्टी दी थी। पूवाली चूंकि अपने काम में बेहद चुस्त थी, इसलिए वह उसे हमेशा से ही पसंद थी।

'मेरी बात मानो, पूवाली, सी ए पढ़ डालो। गो अप!'

सी ए पढ़ने की बात उसी ने उसके दिमाग़ में बिठाई थी।

इस वक़्त रजतदत्त की जुबानी लानत-मलामत सुनकर भी, पूवाली खाली-खाली नज़रों से उसे देखती रही!

'इसके अलावा सड़क पर चलती हुई जाने किन ख़्यालों में डूबी रहती हो। अभी उसी दिन, मेरी ही गाड़ी के नीचे आते-आते रह गई।'

जवाब में पूवाली ने कहा, 'रजत, मुझे कुछ दिनों की छुट्‌टी दिला दोगे। मैं ज़रा कहीं घूम आऊं।'

'छुट्‌टी? छुट्‌टी ले लो तो मेहरबानी होगी–' रजत मज़ाक करते-करते भी रुक गया, 'कितने दिनों की छुट्‌टी चाहिए?'

'हफ़्ते भर की–'

'ओ येस! तुम शायद भूल गई हो, पूवाली, पिछले पांच सालों में तुमने कोई छुट्‌टी नहीं ली है।'

'हां, नहीं ली, मगर अब लेना चाहती हूं–' पूवाली उठते-उठते, मेज से ही टिककर खड़ी हो गई।

'हां, ले लो छुट्‌टी! टेक योर माइंड ऑफ! अपने दिमाग़ को आराम दो।'

उस दिन रजत उसे घर तक छोड़ गया। उसके बाद वह अपनी बीवी के साथ फ़िल्म देखने चला गया।

गाड़ी में जाते-जाते उसने पूवाली से कहा, 'तुम अगर सी ए पास कर लेतीं, तो तुम्हें अपने अफ़सरों के 'पूल' में शामिल कर लेता। लेकिन अब लगता है, तुमसे नहीं होगा।'

'अभी से कैसे बताऊं?'

'अगले ही दिन, मैं किसी को बिना बताए बनारस चली आई। लेकिन वहां मैंने गौर किया, मंझली दीदी और जीजा जी, सुशील के बारे में जानने को बेहद उतावले हो उठे। मुझे अच्छा नहीं लगा। अमिता से मिलने का बहाना बनाकर, मैं यहां चली आई। उसके बाद की कहानी तो तुम जानते ही हो।'

पूवाली खामोश हो गई।

सत्येश नीरव! वह कुछ सोच रहा था।

'वह तो, जब तुम पहली बार आई थीं, पूवाली! उसके बाद?'

'दूसरी बार जब आई, उस बार जितना तुम्हारा ख़्याल नहीं था, उससे कहीं ज़्यादा इस जगह ने मुझे आकर्षित किया था। यहां मुझे न कोई जानता-पहचानता था, न मैं ही किसी को पहचानती थी। कभी-कभी ऐसा अपरिचय हमारी मदद करता है। मुझे भी मदद मिली थी, इसीलिए चली आई थी।'

'आते ही मेरी खोज की थी?'

'हां, बजू से ही खोज-ख़बर ली थी?'

'यूं अचानक चली आईं? किसी से कुछ बताया भी नहीं?'

'ना! उन लोगों का ख़्याल करती, तो यहां नहीं आ पाती। तुम्हारे आने के वक़्त मुताबिक आती।'

'इस बारे में उसने कभी जानना नहीं चाहा?'

'हां, जानना चाहा था। इसी बार!'

पूवाली का चेहरा गंभीर हो आया।

उसने धीमे लहजे में कहा, 'छोटी बुआ को मैंने ग़लत समझा दिया—'

इधर दो सालों से बार-बार आना-जाना चलता रहा, मगर मनीषा ने कोई सवाल, कोई पूछ-ताछ नहीं की।

एक दिन ब्रिज खेलते-खेलते ही दरयाफ़्त किया, 'सुशील मंडली आजकल आती नहीं, क्यों, री?'

'मैंने मना कर दिया है।'

'क्यों?'

पूवाली ने हाथ का पत्ता फेंकते हुए कहा, 'तुम क्या कुछ भी नहीं जानती?'

'ना—'

'सुशील को मैं दूर किए दे रही हूं।'

मनीषा चुप!

'तुमने मुझसे अच्छा बर्ताव नहीं किया, छोटी बुआ! बहुत पहले ही तुम मुझे बता सकती थीं कि तुमने उसे पहचान लिया है। मैं अपने से खिलवाड़ करूं, इससे पहले ही, तुम मुझे बता सकती थीं...'

'उससे कोई फ़ायदा नहीं होता, री! मेरे पहचानने से क्या होता है? तेरा उसे पहचानना ज़रूरी था।'

'इसीलिए तुमने मुझसे कुछ नहीं कहा?'

'नहीं! इसीलिए मैंने उसे यहां आने का मौका दिया। लेकिन तू उसे पहचानने में पूरे तीन साल का वक़्त लेगी, यह मुझे कहा पता था? वैसे, अब हम सुशील के जिक्र में क्यों उलझे हैं?'

'अब तुम किसके बारे में सुनना चाहती हो?'

'लग रहा है, तू फिर किसी दुविधा में पड़ी है?'

'हां, छोटी बुआ!'

पूवाली, मनीषा को सत्येश के बारे में बताते-बताते रुक गई।

लेकिन एक और शख़्स भी सब कुछ देख रहा था। उसकी नज़रों से कुछ भी छिपा नहीं था।

कल्पिता ने उससे कहा, 'सुशील, यू शुड फिक्स इट! कोई फ़ैसला तय कर डालो।'

उन दिनों सुशील बंगाल टोबैको की नौकरी हथियाने की तोड़-जोड़ में बेहद व्यस्त था। हर पल दौड़-धूप, अक्सर वह दस्तूर साहब के दफ़्तर में ही नज़र आता रहा। दस्तूर साहब, चेम्बर ऑफ कॉमर्स के आदमी थे और बंगाल टोबैको के अन्यतम डाइरेक्टर!

'यू विल गेट इट! नौकरी तुम्हें ही मिलेगी।'

उनकी जफ़बान से यह आश्वासन पाकर, सुशील ने अब उन्हीं से पूरी उम्मीद बांध ली थी।

इसी दौरान कल्पिता का यह सुझाव सुनकर, उसके चेहरे पर हंसी फूट पड़ी, 'भई, मेरी हर तरफ़ नज़र है, सब दिखाई दे जाता है। तुम्हारा क्या ख़्याल है, मुझे कुछ नहीं पता? लेकिन, लेट हर बी!'

कल्पिता सुशील के घर के ड्रॉइंगरूम में, दीवान पर पेट के बल पसरी हुई, रिकॉर्ड-प्लेयर पर रिकॉर्ड बजा रही थी। उसने खट् से प्लेयर बन्द कर दिया।

'सुशील...और सेंटिमेंटल! यह भी देखना था?'

सुशील मारे सकुचाहट और बेचैनी से बौखला उठा। उसने रवि की ओर देखा। रवि ने भी कुछ नहीं कहा। रवि का अद्भुत खूबसूरत चेहरा, पत्थर की तरह सख़्त नज़र आया।

'आई से, कल्पिता, लेट हर बी!'

कल्पिता के होठों पर हंसी थिरक उठी।

उसने धीमी आवाज़ में कहा, 'आइ शैल! लेकिन इससे पहले, तुम्हारी उस रूमानी अमीरज़ादी नन्दिनी को, तुम्हारे बारे में कुछेक

किस्से सुनाऊंगी! इन तीन सालों के किस्से! जो किस्से मैं जानती हूं, तुम जानते हो, और भी दो-एक लोग जाते हैं। क्यों, सुशील?'

'लेट हर बी...' सुशील ने अपनी गोलमोल गर्दन से भारी-भारी आवाज़ निकाली, ज़ोर-ज़ोर से मेज़ थपथपाई।

मेज़ पर पड़ी ऐशट्रे एकदम से शून्य में उछल पड़ी।

'अब उसे मत तोड़ो, सुशील।'

कल्पिता ने महीन-मीठे लहजे में कहा, 'यह 'बार' का फर्नीचर है, किसी दोस्त के घर का सामान नहीं है! तुम्हारे ही या पूवाली के पैसों से खरीदा गया है। जो भी हो, अपनी ही चीज़ तुम तोड़-फोड़ क्यों रहे हो?'

कल्पिता रवि को लेकर बाहर निकल आई। आते-आते भी उसके कानों से सुशील की आवाज़ आ टकराई। सुशील ने उसकी तरफ़ फूहड़-सी गाली उछाल दी।

'दरअसल सुशील का गुस्सा अन्दर ही अन्दर जमता जा रहा था। वह भयंकर क्रोध से सुलग रहा था। कहीं उसके अहम् को चोट लगी थी। वह भी समझ गया था कि वह मुझे अपनी मुट्ठी में क़ैद नहीं कर सका! मैं उसकी मुट्ठी से फिसल गई हूं। क्यों, पता है?'

सत्येश ने सिर हिलाया।

'मैं तुम्हें प्यार करती हूं। तुम्हारे सामने मैं क़बूल करती हूं, शुरू-शुरू में मेरा दिल बुरी तरह टूट गया था। मैं और कमज़ोर पड़ गई—'

'........................'

'तुम तो जानते हो, मैं तुम्हें पा नहीं सकती। मीरा अगर चिर दिन अस्वस्थ रहे, तब भी नहीं! क्योंकि बीमार पत्नी को त्याग कर देने जैसी कायरता, तुम नहीं दिखा सकते। यह बात मैं भी जानती हूं। तुम्हारे पौरुष का मैं सम्मान करती हूं, सत्येश, लेकिन साथ ही,

अपने-तुम्हारे परिचय को खींचते रहने की निरर्थकता, मुझे अक्सर उदास करती रही—'

'उस वक़्त भी मैं सड़कों पर पैदल-पैदल भटकती रही! सुशील मुझे सड़कों पर बेभाव चलाता रहा और तुम भी...! लेकिन आहिस्ते-आहिस्ते तुमने मुझमें शक्ति भर दी—'

'मैंने?'

मैंने तुममें शक्ति भर दी, ऐसी असम्भव बात पर मुझे विश्वास करने को मत कहो, पूवाली! तुम्हें ताकत दे सकूं, मुझमें वह ताकत ही नहीं बची थी। आख़िर में थोड़ा बहुत जो मैं चल सका, वह सिर्फ़ तुम्हारी तरफ़ देखते हुए...तुम्हारे ख़्याल को थामे हुए!'

पूवाली, मुझमें ख़ास कोई ज़ोर नहीं था। बीच-बीच में, मैं खुद ही इतना अवसन्न हो आता था कि मुझे लगता था कि सुबह-सबेरे आंखें खोल सकूं, मुझमें इतनी भी शक्ति नहीं बची; बारिश आती, तो लगता था, मैं हाथ बढ़ाकर खिड़की की सिटकिनी तक नहीं बंद कर सकता। उस वक़्त मैं क्या करता था, पता है?

सत्येश ईषत् हंस पड़ा।

'रेल की पटरियों के किनारे-किनारे चलना शुरू कर देता था! ट्रेन आती, गुज़र जाती! घर्र-घर्र आवाज़ें! धरती तक थरथरा उठती थी! तब मुझे बे-हद भला लगता था।'

'हां, बे-हद भला लगता था। मुझे! मुझे लगता था, जैसे बहुत कुछ घट रहा है...अनगिनत घटनाएं...और भी बहुत कुछ। मुझे लगता था, मेरी ज़िन्दगी स्टैंडिस्टिल नहीं है। एक तरफ़ पागल बीवी और दूसरी तरफ़ तुम, मैं इन दोनों 'असम्भव को मिलाने की कोशिश नहीं करता था। मेरे आस-पास जो कुछ भी हो रहा है, मानो वही मुझे इस अचल, अटल 'डेड-सी'...मृत सागर से निकालकर, आगे लिए चल रहा है। यह जो 'प्रोसेस ऑफ एक्शन' था, मैं ही मानो इसका केन्द्रबिन्दु था! मैं ही सारा कुछ घटा रहा हूं इसके

बावजूद मैं ही इसके अन्दर समाया हुआ हूं। मुझे लगता था, जैसे मैं कोई सक्रिय अग्नि-पर्वत हूं। मेरे अन्दर सेलूवियल, क्रिस्टालाइन और ग्रेफाइट, एक साथ चक्कर काट रहा है, ताकि लावा उगल सके। मन ही मन इन्हीं सब सोच में डूबा हुआ, चलते-चलते मैं काफ़ी दूर निकल जाता। मुझे कोई होश नहीं रहता था।'

सत्येश पसीने से तर-ब-तर हो आया।

'जब होश आता था, तो पता है, मुझे क्या दिखता था? ट्रेन जा चुकी है। मैं प्रतापगढ़ स्टेशन के बाहर खड़ा हूं! तुम भी आस-पास नहीं हो। ट्रेन की तरह तुम भी फरार हो गई हो...मुझसे काफ़ी दूर चली गई हो। अपनी अस्थिर आकांक्षा, अपने उन्मत्त-अंधे प्रेम के साथ में अकेला हूं। निपट अकेला! एक तरफ़ रेल की पटरियां, दोनों तरफ़ मैदान! उधर पी डब्लू डी के वार्ड में, चूना-पुते इतने सारे मील के पत्थर खड़े किए हुए! चांद के उजाले में अनगिनत कब्रें नज़र आती हुईं!'

'सत्येश!'

'मानो कब्र का कुनबा हो! क़तार-दर-क़तार कब्र! कैसी कब्र? वहां कौन सोया हुआ है? मेरा प्यार, मीरा के लिए प्यार, मीरा का मेरे लिए प्यार, तुम्हारे लिए मेरा प्यार, मेरे लिए तुम्हारा प्यार—यह सब क्या मगर गया! यह सब याद करते हुए, मैं खुद मरता जा रहा था। सोच देखो, मेरे सामने सिर्फ़ कब्र का कुनबा, कब्र ही कब्र! मैं अपना टूटा हुआ, अस्वाभाविक, निरर्थक जीवन के लिए खड़ा हूं।'

'मुझे क्यों नहीं बताया?'

'जानबूझकर—'

'क्यों?'

'बताया नहीं, इसलिए तुम बच गईं, पूवाली, मैं भी बचा गया।'

'क्या इसी का नाम 'बच जाना' होता है?'

'तुम्हें बताता, तो तुम दौड़ी चली आतीं। मैं क्या यह नहीं जानता कि मेरी एक पल की कमजोरी के लिए, तुम मन ही मन इन्तज़ार कर रही थीं? हां, पूवाली, तुम मन ही मन इस इन्तज़ार में थीं कि मैं पल भर को कमजोर पड़ जाऊं।'

शर्म, पूवाली, महा-शर्म! सत्येश तुम्हारे अन्दर तक देख सकता था।

'तुम दौड़ी चली आतीं, मैं भी नीचे...नीचे...और नीचे उतरता चला जाता। मैंने अपने और तुम्हारे बीच, जो दीवार खड़ी कर रखी थी, वह टूट जाती। कभी-कभी तुम्हारे लिए मेरी जान पर आ बनती थी, पूवाली! बीच-बीच में मेरे तन-बदन की एक-एक रक्त-बूंद, तुम्हें न पाकर, जैसे पानी की बूंद बनकर झर जाती थी। मैंने यह बात तुम्हें कभी नहीं बताई...'

शर्म, पूवाली, महा-शर्म! सत्येश तुम्हारे लिए मरा जाता था। तुम चाहे जितनी भी इन्कार करो, प्यार में इस क़िस्म की ढेरों बातें होती हैं। सारा कुछ तुम्हारे ही हाथ में नहीं होता।

'अगर तुम बताते, तो...'

'अगर मैं बता देता, तो हम दोनों ही सर्वनाश की तरफ़ बढ़ जाते, पूर्वाली! मैं मीरा के सामने हमेशा, हमेशा के लिए शर्मिन्दा रहता। हम एक-दूसरे से नफ़रत करते हुए प्यार करते। इस प्यार के लिए शर्मिन्दा रहते और शर्मिन्दगी इन्सान को छोटा कर देती है।'

'छोटा कर देती है?'

'बे-शक! तुम यह क्यों नहीं समझतीं कि मैंने ऐसा नहीं किया, इसीलिए मीरा, मेरे तुम्हारे बीच और एक दीवार बनकर नहीं खड़ी हुई। अगर हम अपनी-अपनी चाह में बहे जाते, तो...'

क्योंकि खून बेहद असहाय होता है। बह जाने का मतलब है, बिल्कुल ही बह जाना! सैलाब में बह जाना होता है। असहाय-निरुपाय

खून! मीरा मर क्यों नहीं गई? मीरा स्वस्थ क्यों नहीं हुई? पूवाली ने सत्येश को क्यों प्यार किया? तुमने पहले यह क्यों नहीं सोचा कि शादीशुदा मर्द को प्यार करके, तुम्हें कितना-सा मिल पाता? लेकिन अब खून की बूंद-बूंद में किस कदर टीस! कितनी कसक!

'मीरा अगर मर भी जाती, तो भी यही होना था। तुम्हारे और मेरे बीच, मृत मीरा हमेशा-हमेशा एक आड़ बनी रहती।'

हां, आज भी मीरा की तरह ही, उस दिन की वह मृत मीरा भी बैठी-बैठी, पतले-पतले कागजों की चिन्दिया बनाती रहती। सफ़ेद-श्वेत कागज! मीरा अपने में ही क़ैद! ये कागज मरे हुए तुषारकण! पूवाली और सत्येश के प्यार पर भी वे तुषार-कण आकर जम जाते। मृत्यु के उस पार से मीरा शिकायतें करती रहती—तुम लोगों ने मेरे साथ नाइन्साफ़ी की है। लेकिन, सत्येश, मैं तुम्हें प्यार करती हूं।

'मुझे नहीं मालूम था कि तुम इतने कमजोर हो! तुम्हें प्यार करके...'

'मुझे तुम कमजोर कह रही हो, पूवाली? लेकिन तुम जिसे कमजोरी कहती हो, वही...वही तो मेरी ताकत है।'

'ताकत? तुम इसे ताकत कहते हो?'

'बे-शक! तुम्हें क्या यह नहीं लगता कि कोई तुम्हें प्यार करता है, उसने तुम्हें कभी एक दिन के लिए भी...इसके लिए क्या ताकत की ज़रूरत नहीं होती? ताकत का मतलब क्या 'ग्रैंड पैशन' होता है? जब, जो मन में आया, कर डाला; उदास हो गया; उछृंखल हो गया—इसी में क्या सारी ताकत समाई है? हम जैसे मामूली इन्सानों के जीवन में, इन सारी परीक्षाओं के समय क्या ताकत की ज़रूरत नहीं पड़ती?

'डरपोक! डरपोक मध्यवित्त! मुझे अहसास था, बीवी के रहते हुए, किसी दूसरी औरत को प्यार नहीं करना चाहिए। तुम जिसे

साहस कहते हो, मुझे वह गुनाह लगता था।'

भयंकर गुनाह! तुम्हें प्यार करके, जैसे मैंने मीरा के प्रति गुनाह कर डाला हो। ऐसे में, जब मैं मीरा के पास जाता था, इसी वजह से मैं उसे और ज़्यादा-ज़्यादा भला बर्ताव करता था। जब मैंने सबसे छिप-छिपाकर, पहली सिगरेट पी थी, तब भी लगा था मैंने घोर गुनाह किया है। घर लौटकर मैंने देखा कि वे अपनी गंजी खुद धो रहे थे। मैंने उनसे कहा—तुम्हारी गंजी मैं धो दूंगा, बापू! मैं कपड़े, बहुत अच्छे धोता हूं।'

मैं ऐसा ही था! बिल्कुल ऐसा ही! मेरी मां बृहस्पतिवार को लक्ष्मी-पूजा करती थी। मैं उसके लिए फूल-बताशे लाया करता था। ब्याह के बाद, मीरा ने भी लक्ष्मी का आसन स्थापित किया। उसकी पूजा के लिए मैंने आंगन में चंद गमलों में गेंदा और गुलदाउदी फूलों का चारा रोप दिया था, पूवाली। तुमसे प्यार करना, खुद मुझे ही अधःपतन लगा था और मैं मन ही मन खुद तकलीफ़ पा रहा था।

'ख़ैर, गुनाह तो तुमने किया है। तुमने मुझ पर भी...'

'इसीलिए...इसीलिए तो काफ़ी दिनों बाद भी तुम मेरा सम्मान ही करोगी।...तुम्हारी नज़रों में मेरा सम्मान बना रहेगा, पूवाली! जब-जब तुम्हें याद पड़ेगा कि, मैंने तुमसे कोई सुविधा नहीं ली, तो...'

'प्यार से कहीं ज़्यादा...'

'सम्मान बड़ा होता है...'

'काफ़ी बड़ा?'

'काफ़ी क़ा-फी बड़ा! देखो, एकमात्र सम्मान और श्रद्धा ही बच रहती है, पूवाली! अपनी-अपनी ज़िन्दगी में बार-बार यह सम्मान मिले, यह ज़रूरी है। दुःख के दिनों में और किसी बात पर निर्भर नहीं किया जा सकता।'

'आप शायद ठीक कहते हैं—'

पूवाली इस वक़्त बेहद अवसन्न, बेहद क्लांत हो आई। वक़्त गुज़रता जा रहा था, उसका और सत्येश का वक़्त! अब ये सब बातें कहने-सुनने से क्या फ़ायदा?

'हां, यही सच है, पूवाली!'

'शायद यही सच हो! शायद इसीलिए मैं बिल्कुल बदलता जा रहा था। इससे पहले में मन में पराजय की ग्लानि थी। टु पुट इन प्रोज़...शुद्ध गद्य में कहूं, तो मैंने एक शादीशुदा मर्द से प्यार किया, जिसकी बीवी पागल हो गई थी, लेकिन ऐसा प्यार किसी सामाजिक समाधान तक हरगिज नहीं पहुंच सकता था। इसके बावजूद, धक्का खाकर, मैं किसी खाई में गिरती जा रही थी अचानक तुमने जीवन के प्रति मेरी आस्था लौटा दी। आत्मसम्मान लौटते ही, मेरा सिर फ़ख्र से ऊंचा हो गया, सत्येश, मैंने अपनी ही कमजोरी जीत लेने की कोशिश की। दैट सुशील डिड नॉट लाइक! सुशील को पंसद नहीं आया।'

सुशील गांगुली! बंगाल टोबैको का पर्सोनल अधिकारी! उम्र, तीस साल! लीडर ऑफ ए न्यू जेनरेशन, ए न्यू ट्रेडीशन! नई पीढ़ी, नई परम्परा का संवाहक! जैसे ही उसने देखा कि पूवाली उसका प्रभाव और प्रयोजन, अनायास ही त्यागकर चली गई है; खुद अपने अन्दर ही आत्मस्थ होती जा रही है, फिर भी कण-कण भरी-पूरी है, तभी उसे भयंकर सन्देह हुआ।

सबसे पहले उसे रजत दत्त पर शक़ हुआ। चूंकि घूंसा मारना उसकी आदत थी, ट्राम की भीड़ में किसी बूढ़े-बुजुर्ग पर बहस के समय दोस्त पर, बार की कुर्सी-मेज़ पर घूंसे बरसाना, उसकी आदत में शामिल था, इसलिए लगभग घूंसा ताने-ताने ही वह रजत के दफ़्तर में घुस गया और उस पर हमलावर हो गया।

कमरे में दाख़िल होते ही, वह उस पर टूट पड़ा, 'पूवाली इज़ माई गर्ल, मेरी दोस्त है, आपने उसका दिमाग़ खराब कर दिया है?'

वह चीख उठा।

पूवाली उस वक़्त बाहर गई हुई थी।

'गेट आउट!' रजत ने ठहरी हुई आवाज़ में कहा।

'व्हाट?'

'आई से, गेट आउट! शराफ़त से आप अगर नहीं गए, तो बैरे से कहकर, आपको निकाल बाहर करूंगा। अगर फिर भी नहीं निकले, तो आपका टेंटुआ दबाकर, गर्दनिया देकर, मैं ही आपको निकाल बाहर करूंगा। बैरा! पिओन! दरबान! मिस्टर नन्दी!'

रजत दत्त ने एक साथ ही कई लोगों को आवाज़ दे डाली।

'तुम्हें तो मैं देख लूंगा–' सिर्फ़ इस जुमले के अलावा, सुशील कुछ नहीं कह पाया।

उसके बाद, पूवाली ने जब उसका एक भी फोन नहीं लिया, तो उसने उसे अपने घर बुला भेजा।

रजत जीवन, मनीषा-सबने उसे जाने को मना किया।

'कुच्छ नहीं होगा, छोटी बुआ, वह बेहद बुज़दिल, कायर इन्सान है।' पूवाली ने धीमे लहजे में आश्वस्त किया।

सुशील के घर की एक-एक सीढ़ियां चढ़ते हुए, आज उसे ज़रा भी डर नहीं लग रहा था, बल्कि सत्येश से विदा लेने के बाद, अब सुशील का भी मुंह नहीं देखना होगा, यह ख़्याल उसे बेहद भला-भला लग रहा था।

उसे देखकर, सुशील मानो बाघ की तरह उस पर टूट पड़ा।

'पूवाली, हाउ कुड यू! हाउ कुड यू!...' इससे ज़्यादा उससे कुछ बोला नहीं गया।

उस वक़्त कमरे में बहुत सारे लोग थे। रिकॉर्ड प्लेयर पर पूरे वोल्यूम में पॉप कोरस! दीवान पर कल्पिता! खिड़की किनारे बैठा हुआ, हरित, अपने सीने पर आड़ा-आड़ी हाथ रखकर, अपने विशाल शरीर के अनुपात में, अति क्षीण, काहिल आवाज़ में

आवृत्ति कर रहा था—'चाहिए, मुझे चाहिए, तुम ही चाहिए!'

कल्पिता और सैकत में बहस छिड़ी हुई थी। पूवाली के कमरे में दाख़िल होते ही जो शोर उठा और थम गया; उससे एकमात्र कल्पिता का जुमला ही आ टकराया! उसकी आवाज़ सुनाई पड़ी—'देह बेचने का मतलब आत्मा को बेचना नहीं है, तुम ग़लत कर रहे हो, सैकत!'

अगले ही पल उसने अपनी लम्बी बांहें शून्य में उठाकर उन्हें लहराते हुए कहा, 'कम बैक, डार्लिंग! सुशील तुम्हारे लिए जान देने को आमादा है। हम उसे गपशप में उझाकर, उसे किसी तरह ज़िन्दा रखे हुए हैं।'

'सुशील, तुम और मैं क्या यहीं बात करेंगे? पूवाली ने नम्र आवाज़ में कहा।

'कौन-सी बात? कैसी बात?'

'कई बातें तुम्हारे लिए जानना ज़रूरी है। जैसे, तुम्हें ख़बर नहीं है कि मेरे और तुम्हारे बीच अब कोई रिश्ता नहीं है और न भविष्य में कोई रिश्ता होगा।'

'और...?'

'और, अब ऐसी कोई बात नहीं बची है, जो तुम्हारे और मेरे दोनों के अच्छे-बुरे से जुड़ी हो। नेचुरली...बात बिल्कुल साफ़ है, अब से तुम मुझसे कोई रिश्ता नहीं रखोगे।'

'और...?'

'एक और बात, तुम लोगों जान रखो, यह ज़रूरी है।'

पूवाली ने सुशील की तरफ़ नज़रें उठाईं, उसकी आंखों में झांककर धीमे-धीमे लहजे में कहा, 'देह तो क्या, बातें बेचना भी, अपने को बेचना होता है; दिवालिया हो जाना है। यह बात तुम लोग नहीं जानते, इसलिए अपने को लगातार बेचते ही जा रहे हो। आइ पिटी यू! तरस आता है। तुम लोगों पर!'

कल्पिता की महीन-तीखी चीत्कार सुनने के लिए, पूवाली वहां खड़ी नहीं रही।

रात अब ख़त्म होने वाली थी!

पूवाली की आख़िरी बात पूरी हो जाने के बाद, अनादि-अनन्त समय गुज़र गया। अब तक जो-जो बातें कही गई थीं, सब उस अनन्त के उस पार...उसके पीछे रह गए।

अब सिर्फ़ पूवाली और सत्येश! सत्येश और पूवाली!

'तुम्हें मैंने सारी दास्तान सुना दी—'

कुर्सी के हत्थे पर सत्येश की हथेली कस गई।

'तुम कहो कि मैंने तुम्हें धोखा नहीं दिया! तुमने मुझे जैसा समझा था, मैं वैसी ही हूं—'

'हां, पूवाली, तुममें कोई पाप नहीं है।'

'अगर पाप हो भी, तो भी चूंकि तुमने मुझे प्यार किया है, इसलिए मैं शुद्ध हो गई हूं।'

संगम में ढेर-ढेर जल! गंगा से जहां जमुना का पानी आ मिला है, उस तरफ़ देखो, तो कभी लगता है, जैसे जापानी-वाश की तस्वीर हो, कभी लगता है, आकाश में छाये मेघ हों।

'सेंटिमेंटल, रोमांटिक, बुद्धू लड़की।'

थोड़ा वक़्त ख़ामोशी में गुज़र गया। ठंड के मौसम में खुसरूबाग़ की सड़क पर रात-दिन पत्ते झरते रहते हैं। इस मौसम में भी ज़रूर झरेंगे।

'ठीक दो ट्रेन की तरह! हम बीच-राह में आकर खड़े हुए, भेंट हुई, अब विदा ले रहे हैं!'

संगम पर नावों के मांझी कभी खामोश नहीं रहते। वे लोग हर वक़्त चीखते-चिल्लाते रहते हैं। आपस में बातें करते नहीं रहते हैं, फिर भी जमुना का पानी थिर, निश्चल, निःस्रोत! जल में झागों के फूल रहते हैं! 'दिन शेष, रात्रि-ज्वार, अशेष!' झाग के ये फूल

हमेशा बहते रहेंगे। पूवाली ने शायद रात के वक़्त जमुना नदी नहीं देखी! तारों की छाया, जमुना के काले जल में, तारा-फूल की तरह झलकते हैं! पूवाली वह नज़रा नहीं देख पाई।

'हां, लेकिन तुम सोच देखो, सारा का सारा ही शायद नुकसान नहीं है–' माली ने कहा था।

रबिश! सत्येश ने अच्छी तरह खोजा क्यों नहीं? उसने और पूवाली ने जिस तरह अपना नाम लिखा था, वह लिखावट, अभी भी वहीं मौजूद हो। बारिश के पानी में धुला नहीं है। इसके बाद, सत्येश वह लिखावट. अकेले-अकेले कैसे खोजने जाएगा?

सत्येश से बोला नहीं गया, यह महज तसल्ली देने की बात नहीं है। अब उसे अपना आपा बेहद अमीर लगता है, क्योंकि उसने प्यार किया है और उसे प्यार मिला है। इसीलिए कभी-कभी उसके मन में दुविधा भी जाग उठती है, उसकी ताकत आख़िर कितनी-सी है? आख़िर वह कितना कुछ कर सकेगा? क्योंकि इसके बाद, उसे मीरा को साथ लेकर चलना होगा। लेकिन अगर वह न चल पाया, तो क्या होगा? वैसे ये सब तो बाद की बातें हैं, बाद में सोची जाएंगी। फिलहाल, उसका प्यार ही अपना बना रहे। 'हीयर डाइड चन्द्रशेखर आज़ाद–' उसने और पूवाली ने यह वाक्य, किसी वृद्ध की जुबानी सुना था। अगल-बगल खड़े-खड़े।

'देखो, सुबह हो गई–' पूवाली ने फुसफुसाकर कहा। अब, उसकी आवाज़ कृत, बेरंग हो आई, 'बहुत डर लग रहा है। अगर अपने पर ज़ोर न रख पाई तो...?'

'तुम रख सकोगी! चलो, उठो! बाथरूम में जाकर, हाथ-मुंह धो आओ।'

'जाती हूं–'

खिड़की की राह उजाला, अन्दर कमरे में झांकने लगा। सुबह का उजाला, कर्त्तव्य का अटल प्रहरी, सख़्त वाचमैन होता है।

मियाद ख़त्म हो चुकी है! मुलाकात की मियाद गुज़र चुकी है। सुबह उजाले का काम ही है– याद दिलाना!

पूवाली उठ खड़ी हुई। समूचा तन-बदन बेहद भारी-भारी! अचल! लेकिन फिलहाल मन का ज़ोर क़ायम रखना होगा, वर्ना सत्येश को तकलीफ़ होगी...बे-हद तकलीफ़ होगी।

काफ़ी, काफी देर बाद, पूवाली लौट आई। उतनी देर सत्येश भी चुप नहीं बैठा रहा। उसने चाय तैयार कर डाली। पूवाली के आते ही उसने चाय की एक प्याली उसकी तरफ़ बढ़ा दी। बाहर समूचा शहर जाग उठा था। साइकिल पर सवार अख़बारवाला, अख़बार ले जा रहे थे; डेयरी के लड़के, दूध, मक्खन, क्रीम लेकर जा रहा था। साइकिल पर सवार होकर, साग-सब्जी, मांस, फल, रोटी, केक-बिस्कुट वगैरह लेकर सड़कों पर निकल पड़े थे। गाड़ियों की आवाज़, साइकिल-रिक्शों की टुनटुनाहट, पुलिस वैन के सायरन-लेकिन, इस वक़्त ये आवाज़ें कितनी क्षीण, कितनी कमजोर सुनाई दे रही थीं।

'पूवाली, चाय ख़त्म करो।'

सत्येश का चेहरा बेहद बीमार, बेरंग! आंखों तले सियाही!

पूवाली अपने बैग में छुटपुट चीजें भरने लगी।

उसके कपड़े तहाते हुए, सत्येश ने ईषत् हंसकर कहा, 'कहा नहीं जा सकता, फॉर ऑल यू नो, मुमकिन है हमारी फिर भेंट हो जाए।'

'भेंट होने पर तुम क्या कहोगे?' पूवाली अपने बालों में कंघी फेरने लगी।

मन में परम शांति के वक्त भी, बालों में तैंतीस बार ब्रश कौन फेरती थीं? उसे जाने किसकी याद हो आई। कैसी असार सोच थी!

'भेंट हुई, तो हंस दूंगा! कुशल-समाचार पूछूंगा।'

'मैं भी हंस दूंगी।' पूवाली ने बालों में कांटा खोंसते हुए कहा।

'हमारी बातों की कोई दूसरी परिणति भी हो सकती थी, अगर बीच में मीरा कभी न होती।' सत्येश दुबारा हंसा।

'लेकिन, मीरा मौजूद है, सत्येश!' पूवाली ने हंसते-हंसते कंघी दुबारा उठाते हुए, उसे याद दिलाया।

'अब तुम यहां, शायद कभी न आओ! मैं? हो सकता है मैं कभी-कभार चला ही आऊं। मेरा आना काफ़ी आसान है।'

'हां, ज़रूर आना–'

'तुम शायद यह सोच रही हो कि अब मैं कभी संगम पर नहीं जाऊंगा, कभी नाव पर सवार नहीं होऊंगा, खुसरूबाग़ की तरफ़ क़दम भी नहीं रखूंगा?' सत्येश की हंसी में कौतुक झलक आया।

'जाओगे क्यों नहीं! सौ बार जाओगे!'

'हां, ज़रूर जाऊंगा। लेकिन, जब जाऊंगा, कहूंगा क्या, बताओ न?'

'हां, कहूंगा, उस वक़्त मेरी उम्र अड़तीस साल थी और उसकी सत्ताइस! हम दोनों ने, दो सालों तक एक-दूसरे को जमकर प्यार किया, फिर हम दोनों, दो अलग-अलग दिशाओं में चले गए। हालांकि अब किसी दिन भी हम किसी और को प्यार नहीं कर पाएंगे, फिर भी...'

'हां, बिल्कुल यही कहना, सत्येश!'

'बस्स, और क्या?'

सत्येश ने आगे बढ़कर पूवाली के कंधे पर हाथ रख दिया।

उसने स्नेह भरे लहजे में कहा, 'तुम अच्छे बच्चों की तरह परीक्षा दे डालना, पूवाली! खूब अच्छा-सा कैरियर बनाना।'

'तुम भी मन लगाकर, अच्छी तरह काम करना! मीरा की वजह से तुम्हें काफ़ी उधार वगैरह लेना पड़ा था, वह सब चुकाना भी तो होगा–'

'अगर कभी, कोई अच्छा लड़का मिले, तो ब्याह कर लेना।'

'अगर तुम्हारे जैसा कोई मिला...'

'धत्त्! मुझ जैसा कौन मिलेगा? ठीक है, लगभग मेरे जैसा! लेकिन, मुझ जैसा, तुम्हें कोई प्यार नहीं कर पाएगा, जान रखो।

'मीरा तुम्हें शायद मेरी ही तरह प्यार करेगी, अगर तुम भी यह उम्मीद लगाए बैठे हो, तो तुम भी बहोत...बहोत बुद्धू हो।'

'बताऊंगा! मीरा को किसी दिन मैं तुम्हारे बारे में बताऊंगा।'

लेकिन सत्येश मन ही मन यह बात बखूबी जानता था कि वह कभी, किसी को भी पूवाली के बारे में सारी बात नहीं बता सकेगा, क्योंकि पूवाली की बात कभी ख़त्म नहीं होगी।

'ज़रूर बताना। कहना, पूवाली मुझे प्यार करती थी। अगर वह चाहती, तो मुझे उड़ा ले जाती, लेकिन तुम्हारे लिए, वह मुझे वापस लौटा गई।'

'ठीक है, यही कहूंगा।'

पूवाली हंसने लगी। सत्येश भी हंस पड़ा। उसके बाद, दोनों ही खामोश हो गए। सत्येश की निगाहें, पूवाली की आंखों में ठहर गईं।

'और नहीं, अब जाना होगा।'

'हां, आओ!'

(बंगाली लोग जाने को जाना नहीं कहते, बल्कि उनके विदा में भी वापस आने की उम्मीद या अनुरोध छिपा होता है)

पूवाली ने दो-दो बार कुछ कहने की कोशिश की, लेकिन सिर हिलाकर रह गई। वृथा चेष्टा! वृथा! वृथा! अचानक सारी बातें कहीं गुम हो गईं। अब वक़्त भी नहीं बचा था। इसके बाद, एक शब्द भी नहीं कहा गया। उसने फिर सिर हिलाया और आहिस्ते-आहिस्ते बाहर निकल गई।

'आप जा रही हैं?' सामने बजू खड़ा था।

पूवाली ने सिर हिलाया।

'मैं...मैं कल अपनी नई नौकरी ज्वायन करने गया था, पूवाली' दी! 'हल्ला' में नहीं गया था। पहले ही दिन रात की ड्यूटी थी। केबल फैक्टरी में एप्रेंटिस लगा हूं।'

'तू नौकरी पर गया था, बजू?'

'हां–'

पूवाली के होठों पर उसकी सबसे खूबसूरत हंसी खिल उठी, 'मैं बेहद...बेहद खुश हूं।'

पूवाली की आंखों से आंसू बह निकले!

रिक्शा चल पड़ा!

रिक्शा आगे बढ़ता रहा, वक़्त आगे बढ़ता रहा।

सत्येश धीरे-धीरे अपने बैग में सामान वगैरह समेटने लगा।

अब ज़रूरत नहीं पड़ेगी; अब आना नहीं होगा। उसने भी सिर हिलाया। अब आंखें पोंछने की भी ज़रूरत नहीं। प्रभु उसे शक्ति दें। बेहद कमजोर जीव है वह! सामने अभी भी लम्बी राह पड़ी है! शेष बची हुई राह में, पूवाली की यादें उसकी संगिनी बनी रहेंगी। जो इतनी अनमोल थीं, सत्येश को क्यों नहीं मिली? उसकी अपनी क्यों नहीं हुई? इतनी सारी जगहें रहते, पूवाली ही भला यहां क्यों चली आई? काश वह न आती!

सुशील अगर न होता, तो पूवाली की ज़िन्दगी में ऐसी शून्यता कभी नहीं आती। तब उसे भागकर यहां आने की भी ज़रूरत नहीं होती। अगर वह भागकर यहां न आती, तो सत्येश से भी उसकी भेंट न होती! क्या तुम्हें पता है, यह कैसी अद्भुत बात है? अति तुच्छ घटनाचक्र में, तुम्हारी ज़िन्दगी में बड़े-बड़े तजुर्बे, बड़ी-बड़ी अभिज्ञता घट सकती है। उसने अपने और पूवाली के कमरों में ताला लगाया। हीटर पर केतली अभी तक चढ़ी हुई थी, वह क्या भूल गया?

सत्येश ने कमरा खोलकर, प्लग निकाल दिया। केतली दो

बार फूत्कारकर, शांत हो गई। अल्यूमिनियम के ढक्कन की खुदबुद् आवाजें भी थम गईं।

उसने दरवाजा बंद किया, ताले में चाबी घुमाई। दीवार की खूंटी में दोनों चाबियां लटका दीं। चाबियां हल्के-हल्के लहराने लगीं।

बाहर, शहर के जाग उठने और कामकाज पर निकल पड़ने की आवाज़ें। नीचे ज़ोर-ज़ोर से कुंडी खटखटाई जा रही थी।

सत्येश नीचे उतरने लगा। आठ पैंतीस पर बड़ंगी की बस आ पहुंचेगी; स्टैंड तक जाना है, अभी आठ बज कर इक्कीस मिनट हुए थे।

आठ बजकर सत्ताइस मिनट पर, कलकत्ता जानेवाली ट्रेन, प्लेटफार्म छोड़कर, पूरब दिशा में चल पड़ी।

❑❑❑